KB168573

첫 마을에 닿는 길

황금알 시인선 114

첫 마을에 닿는 길

초판발행일 | 2015년 9월 30일

지은이 | 우미자
펴낸곳 | 도서출판 황금알
펴낸이 | 金永馥
선정위원 | 김영승 · 마종기 · 유안진 · 이수익
주간 | 김영탁
편집실장 | 조경숙
표지디자인 | 칼라박스
주소 | 03088 서울시 종로구 이화장2길 29-3, 104호(동숭동, 청기와빌라2차)
물류센타(직송 · 반품) | 100-272 서울시 중구 필동2가 124-6 1F
전 화 | 02)2275-9171
팩 스 | 02)2275-9172
이메일 | tibet21@hanmail.net
홈페이지 | http://goldegg21.com
출판등록 | 2003년 03월 26일(제300-2003-230호)

값은 뒤표지에 있습니다.

ISBN 979-11-86547-09-0-03810

*이 책은 전라북도 문예진흥기금을 지원받았습니다.
*이 도서의 국립중앙도서관 출판예정도서목록(CIP)은 서지정보유통지원시스템
  홈페이지(http://seoji.nl.go.kr)와 국가자료공동목록시스템(http://www.nl.
  go.kr/kolisnet)에서 이용하실 수 있습니다.(CIP제어번호: CIP2015024629)

첫 마을에 닿는 길

우미자 시집

황금알

아직도 시는
나의 꽃밭에 와서
잠깐 향기를 맡고
하늘하늘 날아가는 봄나비였다가

나의 모과나무에서
여름날 한 생애를 울고 가는
한 마리 매미였다가

나의 비인
가을 숲을 흔들고 가는
쓸쓸한 바람이 되었다가

내 저물녘 해 지는
겨울날 초승달 따라가는
슬픈 개밥바라기별로 떠있네

2015년 가을
우미자

차 례

1부

2부

3부

4부

■ 해설 | 소재호
영원 회귀의 극진한 순수 서정시 · 137

1부

그 어떤 지극함으로

그 어떤 지극함이 있어
이토록 아름다운 꽃들을
나무들은 봄마다 피워내는 것일까

그 얼마나 간절한 원이 있어
나무들은 해마다 저토록 수많은 이파리들을
하늘을 향하여 손 내밀게 하는 것일까

그 얼마나 지극한 사랑의 힘으로
대지는 꽃잎을 거두어 가고
향그러운 열매들을 열게 하는 것일까

수묵화
— 한지韓紙에게

연초록 잎새 돋아나오는
봄날의 여린 나뭇가지도
늦가을 잎 다 져버린
가을 숲의 쓸쓸함까지도
너의 품속으로 들어가면
이 세상 모든 풍경들이
한 폭의 그림으로 태어나도록
품어주고 안아주는 너만큼만
넉넉하게 살아갈 수 있다면

보일 듯 말 듯한
알 수 없는 인생사처럼
안개에 싸인 여름날의 호수를
은비로이 담아내고
세한歲寒을 건너가는
겨울나무들의 눈물 너머로
청청한 하늘까지 열어주면서
이 세상 모든 슬픔은 스며들게 하고
기쁨은 고요히 번지게 하는
너만큼만 참되게 참되게 살아낼 수 있다면

봄비

사르랑사르랑
먼 길 걸어오시네
남녘의 그리운 소식들
연분홍 치맛자락에 감싸 안고
오시네, 온종일 들길 걸어오시네

오시는 길에
무지개 하늘 다리 수놓으면서
아슬아슬 산골짜기 벼랑도
뛰어 건넜으련만
앞섶 옷고름 젖은 듯, 젖지 않은 듯
꽃신 신고 사뿐사뿐 이쁘게도 오시네

나뭇잎 사이사이로
손가락 한 번씩 통통 튕겨보면서
시냇물에 살짝 미끄럼도 타면서
푸른 봄비, 모래 속에 스며들 듯
사각사각 걸어와
어느새 우리 집 창문을 두드리시네

노을길에 서서

저, 황홀한 장미꽃 화원을 두고
나는 오늘 밤 잠들 수 없네

빨강 분홍 노랑 주황으로
수천수만의 장미꽃 송이들이 어우러져
피어나는 만다라의 사랑 노래

어찌할거나
한평생 그리운 이에게
한 소절씩 띄워 보내주랴
따라가는 눈썹달 마음속
눈물 젖은 악보를 베껴

장미꽃 화관을 쓴 소녀 애들이
춤을 추는 저 아리따운 축제
구름밭 저 너머로 곧 사라진다 해도
나는 아직 이승을 떠날 수가 없네

꽃 마중

꽃들의 속살거림이
바람결에 실려와
꽃 마중을 나간다
교회 울타리 쪽에
그 말갛던 산수유 꽃 빛은
어느새 저물어가고
막 올라오는 목련꽃 송이들은
가지 끝마다 흰 물새떼로 앉아
사월의 푸른 하늘에
부리를 높이 들어 기원을 보낸다
푸르른 새였던 그 날들
내 부리 끝에서도 목련꽃 같은 기원이
붉은 목젖을 타고 올라와
한 송이씩 눈부시게 피어나곤 했었지
아스라이 그 목련꽃 송이들
지금도 내 하늘에 피어나는
목련 숲을 천천히 걸어 돌아가니
꿈결처럼 벚꽃길이 열리고
천상에 당도한 듯

내가 바라는 봄날이 저 꽃잎들에
다 담기어 피어 있는 듯
긴 슬픔을 씻어낸 환한 얼굴들
희고도 청신하여라
꽃 속의 봄길
맑은 봄 햇살이
온 천지에 찬란하다

달력 속의 그림, 2월

일월이 채 가기도 전에
달력을 넘기니 2월이 왔다
달력의 그림 속에는
매화나무 가지들 사이 사이로
푸른 하늘이 크리스탈보다 투명하다
매화꽃봉오리들은 소녀 애들 젖꼭지처럼
가지마다 수줍게 달려 있고
활짝 핀 매화꽃은 분홍빛 상형문자들 같다
가지 사이로 새 두 마리
서로 다른 방향을 향해 앉아 있는데
곧 어디론가 꿈꾸는 새가 되어 날아가리라
허공의 길을 찾아 길을 놓으며
수만 리 꿈을 찾아 날아가리라
매화나무 가지 사이로 봄바람이 불어온다
가지들이 미세한 떨림으로 봄날을 기다리면
2월은 가까이 왔다가 멀리 또 멀리
새와 함께 날아가겠지
달력 속의 2월은 저 홀로
매화꽃봉오리 속에 피었다가 지듯이

나의 2월도 샤갈의 그림 같은 푸른 하늘과
매화나무 가지 사이에서 날아오르는
한 마리 새의 날개 속으로
점,
    점,
       점,
         사
           라
             져
               간
                 다

쌍계사 벚꽃길

1
풋풋한 이십 대 봄비 내리는 속에
쌍계사 벚꽃길 노래에 젖어
불일폭포 무릉도원 찾아가던 길
그 후로 삼십여 년 어디론가 흘러가
올봄 쌍계사 꽃길을 다시 찾았네
저 연분홍 꽃잎들만큼이나
수많은 꽃잎들 피워내어서
나도 어느새 아름드리 한 그루
벚꽃나무가 된 것일까
꽃잎 사이로 햇살이 반짝이고
꽃길 사이로 사람들이 흐르네
햇살과 그늘 사이로 바람이 흐르고
무수한 언어들이 꽃잎마다 얹혀지네
사람들은 꽃길을 내며 가고
등 뒤의 표정들이 모이는 곳에
햇살은 햇살끼리 웃고
그늘은 그늘끼리 깊어지다가
더 깊은 쓸쓸함이 되네

2

오늘, 햇살이 찬란히 빛나는 꽃잎이건만
내일이면 비 한 방울에 꽃잎이 젖고
모레는 꽃비로 허공에 흩날리겠지
숱한 봄이 오고 가고 또다시 와서
나이테 굵어지는 한 그루 벗나무같이
이제는 꽃잎 피우고 낙엽 지게 하는 일도
햇살과 바람에게 뿌리까지 다 맡긴 채
그 옛날의 불일폭포 무릉도원에
맴돌아 흘러가던 산도화 꽃잎, 꽃잎들
그리워 그리워하며
고요히 하늘 보며 서 있고 싶네

들판에 집 한 채

넓고 너른 들판
끝없이 황량한 들판에
집 한 채 짓고 싶다
연푸른 새벽이 오면
사철나무 울타리를 빠져나와
저 멀리 낮은 구릉까지 걸어가서
이슬이 채 마르지 않은
들꽃들을 만나고 싶고
계절마다 내 마음속에
불어오는 바람을 불러내어
들판의 바람과 함께 섞여서
그들과 함께 태초의
신선한 이야기를 나누고 싶다
바람이 불면 살고 싶다*던 그대처럼
바람 속에 오래 서서
지나간 날들의 산골짜기에
피어 있는 허리 안개를
영혼의 신성한 피리소리로
한 겹 한 겹 걷어내면서

먼 산의 봉우리마다 정령처럼 앉아 있는
구름송이들을 고요히 바라보며
저녁놀 붉게 물들어가는 들판의
집 한 채 그 속에서 살고 싶다

* 폴 발레리 :「해변의 묘지」에 나오는 구절 인용

꽃대궁을 밀어 올리던

이른 봄 산꿩이 머물다 간 그 자리에서
눈물 젖은 네 이름을 불러주고 싶었네

봄바람 속에 나비들이 네 곁을 스쳐갈 때도
외로운 네 사랑을 안아주고 싶었네

한 생애 그리움이 얼마나 깊었기에
한 점 수묵화로 긴 슬픔 되어 번지느냐

묵향 속에 퍼지는 고절孤節의 향기

푸른 하늘 그리워 천 길 어둠 속에서
꽃대궁을 밀어 올리던 캄캄한 날들

그 아픈 뼈마디 손가락들로
필생을 다 해 피워낸 꽃잎 한 점

춘란春蘭의 골짜기 골짜기마다
천지간 향기로 가득하리라

첫 마을에 닿는 길

처서 지난
금산사 넘어오는 길

산굽이 돌아와
첫 마을에 닿는 길

배롱나무 배롱꽃
빨갛게 피어 있는 길

가까운 듯 멀리
배롱나무 서 있어
마음 가는 길

사랑인 듯 다가와
어스름 속에
가물가물 사라지는
팔월 초저녁

배롱꽃 붉게 지는
아름다운 길

새로 쓰는 헌화가*

동해 바다 유리같이 맑고 푸르렀던 날
바다의 모래알마저 눈부셨던 날
천천히 암소를 몰아
바닷가에 소풍을 나갔었지요

사월의 바람결도 감미롭던 날
산허리 벼랑에 천지꽃 피었었지요
해풍에 씻긴 그 사랑꽃
무늬 지는 꽃물결로 아른대는 너울 속
수로부인만큼이나 해맑고 고왔었지요

천지꽃 사랑처럼 가슴에 품으시고
흰 손길, 꽃을 따라 올라갔으나
벼랑의 꽃은 멀어 닿을 수 없어
내 마음도 아스라이 닿을 수 없어

꽃으로 꺾어서 바치리이다
붉은 철쭉꽃으로 이 마음 바치리이다
내 부끄러움,

꽃 속에 모두 감추어
한 송이 꽃으로 바치리이다

* 헌화가獻花歌 : 삼국유사에 나오는 향가 중의 한 작품. 신라 성덕왕 때 순
  정공이 강릉태수로 부임해 가던 도중 동해 바닷가에서 자기 부인인 수로
  와 함께 점심을 먹고 있을 때 깎아지른 벼랑의 바위 위에 아름다운 철쭉
  꽃이 핀 것을 보고 수로부인이 그 꽃을 꺾고 싶어 했으나 그 일행 중에 아
  무도 꺾을 수 없다고 한 것을 지나가던 노옹이 수로 부인의 미모에 반해
  꽃을 꺾어 바쳤다는 내용의 노래임

양평 가던 그 봄날에

집안의 어르신 산수연*을 축하하러
양평으로 가던 그 봄날이었지
진달래가 지천으로 피어있던 날
차를 몰아 깊은 계곡으로 찾아갔었지
여든의 나이에도 연분홍의 한복이
화사하게 어우러지는
잠시, 늙음을 젊음으로 되돌려주는 듯한
진달랫빛 치마저고리가 마냥 곱기도 했었네

돌아오는 진달래 산골
목마른 산골에 찻집 하나 있었지
찻집의 탁자 유리 아래로
진달래 마른 꽃잎들이 누워 있었지
아! 유년의 꽃무덤이 거기 있었네
어린 시절 꽃잎을 따다가 흙을 파내고
유리 아래 꽃잎들을 넣어놓고 흙을 덮어서
신성한 꽃무덤을 만들었었지
한 열흘 지나 다시 가서 꽃무덤을 열어보면
거기, 꽃잎들은 황홀함 속에서 떨다가

나비가 되어 승천하고 있었네

내 유년의 꽃잎들은 다 어디로 갔을까
내 나이 여든이 되는 날
나의 잃어버린 꽃잎들을 찾아내어
연분홍 진달랫빛 화사한 한복을 입고
꽃잎처럼 여리고 고왔던 날들을 기억하리라
진달래 산골 찻집에서 꽃잎차를 마시다가
샤갈의 마을에라도 다녀온 듯
유년의 꽃무덤 옆에 오래오래 앉아 있었네

* 산수연傘壽宴 : 팔순의 생일을 기념하는 축하연

살구꽃 그늘 아래

우리가 가만가만
지난 날을 이야기하고 있는 동안
살구꽃은 한 송이씩 피어나네

살구꽃 그늘 아래
소근소근 별이 되는 동안에도
살구꽃 가지마다 꽃송이들 피어나
살구나무 한 그루 온몸으로 불 밝혀
한 채, 산당山堂이 되네

살구꽃 가지 사이로
흰 달 떠가는 동안
그대와 나 젊은 날의 이야기는
달이 지듯 깊어가고

달빛 아래 살구꽃
피었다 지는 동안
우리들 한 생애도 꽃처럼 흘러가네

매화를 찾아서

매화꽃이 송이송이 그려진
원피스를 하나 해 입고 싶어
하얀 바탕에 홍매화가 그려진
허리 라인이 딱 맞는 봄 원피스

흰 구두 차림에 흰 숄더백을 메고
매화 향기 은은한 화병이 놓여진
찻집에서 오랜만에
옛친구랑 차 한잔 하고 싶어
음악은 봄이어서 쇼팽이 좋겠지

지난 회포 풀다가 지루해지면
찻집을 나와 천천히 국립박물관으로 가서
옛 선인의 설중탐매도雪中探梅圖 그림을 보고 싶어

꽃샘눈이 마치, 내 원피스에
매화꽃잎처럼 흩날리는 날
내 마음속 설산에 깊이깊이 숨어 있는
고목의 매화 한 송이 찾아서 떠나고 싶어

사월의 기도

꽃과 바람과 향기와
나뭇잎과 새울음 소리

사월은 다시 돌아와서
제 마음의 초원을
푸르름으로 가득 차오르게 합니다

수많은 사월을 건너왔건만
해마다 새로운 꽃잎이 피어나듯이
마음밭, 온갖 꽃들로
향기롭게 피어납니다

제비꽃과 야생화들
들판에서 눈물겹게 피어나고
목련은 흰 새떼처럼
나뭇가지에 앉아 있다가
수선화의 향기를 신고
꿈을 찾아 날아갑니다

바라옵건대
제 영혼이 항상 사월처럼만
온 대지의 이슬을 머금은 듯
시들지 않는 사랑과 기쁨
꽃같은 향기로움으로
살게 하소서

꽃밥

도라지꽃 제비꽃
꽃다지에 민들레꽃 섞어
어머니 제상祭床에
꽃밥 한 그릇 지어 올립니다

봄바람이 부는 날이면
나비 시냇가
들꽃 향기 속에
어린 내 손목 잡고
한없는 봄길을 걸으셨던 어머니

오늘 그 봄길을 걸어와
앉으실 밥상을 위해
들꽃 향 내음 가득한
꽃밥 한 그릇 지었습니다

먼 하늘에서 봄바람 불어오면
언제나 내 가슴에 들꽃으로
다시 피어나시는 어머니

매운 봄바람 속에 표표히 가셨다가
봄바람 속에 들꽃 향기를 품고
다시 오시는 어머니

들꽃처럼 애잔하고
맑은 향기로 살다 가셨네
오늘 꽃밥을 짓는
고향의 아궁이 불꽃 속에서도
들꽃 송이송이로 피어나시네,
어머니

봄 저녁 산문 아래

봄날의 저물녘
산사山寺로 향한다

청단풍나무 이파리마다
연푸른 별이 되어 빛나고
영산홍 꽃봉오리들은
바람결에 흔들린다

꽃그늘에 앉아
고요 속에 잠긴 꽃봉오리 하나마다
내 생의 꽃봉오리 시절을 찾아내어
한 송이씩 불 밝혀 본다

가장 아름다운 꽃봉오리 시절은
가장 아픈 눈물 속에 피어나는 것이라고
꽃봉오리들에게 가만가만 속삭이다가
계곡물에 맴돌다 흘러가는 꽃잎들 위에
내 마음 꽃잎들도 하나씩 실어 보낸다

어느새 능선 위로
보름달 환하게 오르고
만상을 깨우는 범종 소리 그윽한데
목련꽃 송이마다 합장을 한다

삼월의 새

그대 가슴
깊은 곳에
동백나무 한 그루
심을 수 없어
시린 하늘 속으로
동백잎들
눈물 뿌리며
발목 없는
삼월의 새가 되어
날아갔지요

2부

깃들어 살다

민들레가 초원에 깃들어 사는 동안
옹달샘이 골짜기 속에 깃들어 살고
모래알이 사막 한가운데 깃들어 사는 동안
새들이 숲 속 나뭇가지에 깃들어 살고
푸르른 내 영혼은
그대 가슴 속에 깃들어 사네

민들레꽃 홀씨 되어 수만 리를 날아가고
옹달샘은 강으로 흘러가 바다에 닿네
사막은 바람 속에 마두금 소리를 실어오고
새울음은 숲을 흔들어 나무들을 깨우는 동안
간절한 내 사랑은
그대 안에 머물러 한 생을 흘러가네

첼로와 관음죽

새벽 고요 속에서
무반주 첼로를 들으며
관음죽에 물을 준다

사르르 사르르
물 내리는 소리가
갈숲에 이는 바람 소리 같다

관음죽 이파리들이
물을 받아
신선한 음향을 낸다

온 생을 다 체득한 듯한
첼로의 한 줄
연푸른 선율 속에

관음죽은
새벽, 물을 받으며
사랑의 연주
갈숲의 바람 소리를 낸다

해안선

끝없는 감정선이 펼쳐진다
구불구불 굽이굽이 오르락내리락
갈라진 마음들이
한 갈래 길을 따라가려고
핸들을 더 꼬옥 잡는다

어느 봄날
리아스식 해안선 처음 찾아가던 날
이 세상엔 이렇게도 아름다운 곳이 있구나
생각하며 자갈밭 먼지 속에 한 길씩 뛰는
시내버스를 타고 달렸다

가다 보면 금빛 포구
가다 보면 벼랑
조금 더 가다 보면
점점이 섬들은 애잔하게 멀어지고
파도는 손에 닿을 듯 차창 밖에서 울부짖다
갈매기 나래짓 속에 사라져 가버린
첫사랑 꿈결 같았던 해안선

오늘, 그 바다는
저마다 길을 찾아 노래 부르는
수많은 흰 파도와 함께 장엄미사 중
물결 위에 뿌려지는 햇살은
상처의 예각들을 보석처럼 반짝여주고
산과 벼랑 사이 아찔한 이 길을
눈길에 닿을 만큼만 조금씩 열어주며
팽팽한 활시위처럼
한 줄기로 꼬옥 잡아주는 해안선

벼랑인 줄도 모르고

사랑이
사랑인 줄도 모르고
사랑을 한 때가
스물쯤이라면

벼랑이
벼랑인 줄도 모르고
벼랑을 지난 때가
서른 무렵이었지

내 살 저며
네 살 채워주는 것이
사랑이라는 것을 안 때가
불혹 너머였다면

벼랑을 지나면서
벼랑을 보게 된 때는
오십 근처였지

사랑과 벼랑
둘 다
상처받지 않고는
저 눈부신 허공,
결코 건널 수 없는

한 생의
가장 아름답고 슬픈
외줄 광대

한 슬픔을 건너
— 묵주알

한 알마다
한 생애가 들어 있다

한 기쁨을 건너서
한 슬픔으로 간다

한 슬픔에서
더 깊은 슬픔의 강을
건너기도 한다

건너가는 찰나 속에
담겨 있는 한 생애

슬픔을 건너야만
다음 생으로 가는
절체절명의 징검다리

눈물은 방울방울 진주알이 되고
한 목숨들이 빚어져
알알이 사랑의 빛으로 찬란하다

장자의 숲*

살구꽃 피어나는 나뭇가지 사이로
초승달 새초롬히 걸려있는 어느 봄날
구슬픈 피리 소리 흐르는 곳에
나그네의 젓대가 아니어도 좋으리

어느 날 산길에 든 목수의 눈에 들어
결 고운 귀목나무, 대패질로 다듬어져
선비의 서향書香이 풍기는 방에
귀 높은 사방탁자로 팔려가지 않아도 좋으리

구중궁궐 화려한 어느 전각에서
수많은 밤들을 홀로 새우며
홍송紅松의 향기조차 날아가 버린
기둥 하나로 쓸쓸히 서 있지 않아도 좋으리

하늘 바람 달과 함께 적막 속에서
굽이진 세월 눈비 맞아 울울창창
무성한 그늘로 산을 지키며
한 그루 나무로 숲 속에 남아 있으리

* 장자(莊子)의 소요유(逍遙遊)편 중, 못생긴 나무가 산을 지킨다는 내용에서
  시상을 가져옴

미황사에 가리

동백꽃잎 지는 날에
나, 미황사에 가리
해남을 돌아
땅끝마을을 돌아
푸른 바닷물로 잉크 삼아 쓴
편지 한 통 배낭 속에 넣고
한 발자국 한 발자국
걸어서 가리
가는 길에 만나는 가로수들 이야기랑
바람의 사연들도 배낭 속에 담으리
이름만큼이나 아름답다는 미황사
눈에 선히 그리면서 가리
미황사에 당도한 날 저만치서
오랜 기다림에 눈물 글썽이며
왜 이제야 왔느냐고
동백꽃잎 다 져버렸는데
어쩌라고 이제사 왔느냐고 슬퍼하면
나, 조용히 배낭 속에서 꺼낸
편지 한 장 그의 손에 쥐여주리라

손수건으로 그의 눈물 닦아주리라
동백꽃잎 뚝뚝 지는 날에
나, 미황사에 가리라

직소 폭포

수수 천 년 관음봉을 넘어가던 천둥소리들
능가산 능선들을 훑고 지나가던 소낙비 소리들이
일렬종대 다 모여와 여기에 흐르네
내소사 동종소리, 청련암 풍경소리도 올라와
새벽 안갯속에 은은히 묻혔다가
쩌렁쩌렁한 산울림으로 골짜기마다 퍼져가면
시퍼런 벼랑 아래 천 길,
지금은 살기 위해 떨어지는 길
일순간, 흰 베폭을 뒤집어쓴 채
수많은 아카시아 꽃송이들로
죽음의 향기를 내뿜으며 날아오르다
승천하며, 승천하며
산사태로 무너져내리네
아득하여라,
먼 길,
죽
음
의
길

소쿠라지던 소용돌이 속에서
새로 솟아오른 푸르른 물줄기들이
너덜강, 바위에 찢겨진 상처의 흔적들을
다시 제 물결로 씻어내고 있었네
아랫녘 연기 오르는 들판의 마을을 지나
강을 만나러 흘러가고 있었네
공소 마을 성당에서는
부활절 미사곡이 붉은 노을 속에
찬란하게 퍼져가고 있었네
지그시 바라보는 내변산 능선들의
미소가 선연한 노을에 젖고 있었네

즈믄* 손 즈믄 눈
— 희명希明*의 아들

어느 이른 봄날 찬바람 속에
어머니의 따스한 손을 잡고
백 여덟 돌계단을 오르던 날
산새들 울음소리 그지없이 맑았으나
아직은 꽃나무들 눈멀어 있었네

너른 마루 대적광전 천수대비 전
삼천 날 삼천 배拜 피맺히는 기도 소리에
나, 그만 눈물 하염없었네

어머니의 손에 내 손 포개어놓고
"즈믄 손 즈믄 눈을 가지신 이여,
한 눈을 떼어주시어 남몰래 고쳐주시는도다!"

어머니의 손바닥은 지문조차 닳아져
무릎도 소맷자락도 다 닳아져
애간장마저 다 타버려서 재가 되고 없네

백 여덟 돌계단 내려오는 날

범종소리 절 마당에 햇살처럼 퍼지는데
어머니의 치맛자락 스칠 때마다
나비들도 날아와 나래짓하면
삼천 대천 꽃송이들 아름답게 피어나서
내 눈 속에 천만 송이 환한 꽃등을 켜네

* 즈믄 : 고어. 지금의 천(千)을 뜻함.
* 희명 : 삼국유사 향가 중 '禱千手觀音歌'를 지음. 희명이 눈이 먼 아들을
  위해 도천수관음가를 지어 부처님 전에 기도하였더니 아들의 눈이 빛을
  얻었다 함.

나무 숟가락에 대한 명상

겨울 산사를 내려오던 길
산문 아래 목향내음 은은한 가게에 들러
나무 수저 한 벌을 구해왔네
은수저보다 감촉이 부드럽고 정겹네

수저꽂이에 놓여서도
온화한 빛깔에 주방 안이 향기로워
나무의 결 모습을 가만히 들여다 보다가
결을 따라 내 마음 산속으로 걸어 들어가곤 했네

봄날의 연둣빛 새잎들 수줍게 피어나고
여름 초록의 이파리들 무성했다가
가을이면 찬란했던 단풍잎 눈물로 이별하고
한겨울 눈보라 휘날리는 혹한 속에서
삭신 마디마다 쓰라렸을 텐데

인고의 긴 세월 다 지나와
이토록 어여쁘고 정겨운 모습으로
내 밥상에 정갈하게 놓여 계시다가

밥 한 술 뜨면 입속에 나무 향기가 감돌고
내 가슴 깊은 속에 박달나무 한 그루
그늘 넓게 드리우고 목숨처럼 서 계시네

바람의 말

아침 햇살 환하게 퍼지는 능선을 넘어와
야생화 피어있는 들판을 가로질러
한적한 시골 마을에 당도하리라
돌담을 돌아가 그 집 뒤란 대숲에
잠시 서걱서걱 머리를 감으리라

앞마당 양지 녘에 햇살 좀 넉넉해지면
은행나무 감나무도 돌아보면서 삽살개 꼬리 한 번
슬쩍 건드려주고 토방 아래 살짝 숨는 듯하다가
삽살개 재빠르게 사립문 밖 마실 나올 때
쏜살같이 나도 함께 마을을 빠져나와
고흐의 그림 속, 초록빛 보리밭 위로
넘실넘실 하늘하늘 물결치리라

고향의 농부들 땀방울도 선선하게 씻어주며
흥타령 육자배기 한 자락 등 뒤로 남긴 채
농주 한 사발에 논두렁 비틀걸음 걸어나와
자유라는 그리운 이름 찾아서
드넓은 벌판으로 한없이 흘러가리라

흘러가는 것이 나의 삶이려니
무장무애 거침없이 황야를 흘러가리라
수천수만 개의 휘날리는 깃발처럼
일만 마리 질주하는 말갈기처럼 달려가리라

광야에 밤이 오고 둥두렷이 달이 뜨면은
물속에 비친 달을 길어올리던
옛 시인과 함께 시 한 수 읊어보고
어느 한적한 묘원에 다다라
고혼들의 슬픔을 어루만져주다가
촉루의 눈물 한 방울 위에
잠시 앉아 진혼곡으로 위로해주고
다시 푸른 새벽길 피리 소리로 흘러가리라

푸른 가야금을 타는 바다

들어보시게
흰옷 입은 여인들이 줄지어 앉아
저 바다 위에서 가야금을 타는 소리

새벽이면
연푸른 젓대 소리였다가
노을 질 무렵이면
구슬픈 가야금 산조가 되어 들려오는
바다의 노랫소리를

먼 옛날 시원始原의 사랑 노래
옥피리 마디마디 부서져
여인들의 흰 소매깃에
신선한 파도 떼로 되돌아오네

이별의 쓰라림도 잊어버린 채
스스로 소금물결이 되어
눈물을 씻어내며 씻어내며
하얀 손가락들로 푸른 가야금을 타고 있네

눈을 감고 들어보시게
바다는 늘 쓰라림에 울면서도
저리도 깊고 맑은 슬픔의
청아한 가야금 소리를 내고 있음을

벼랑 위의 사랑
— 클림트*의 키스

나 그대에게 아름다운 여신 '아데네'가 되어
녹슬지 않는 어여쁜 황금신을 신고
파도치는 바다 끝없는 물을 건너
바람결처럼 날아가리라*

백단나무 숲 향기가 온 섬에 흩날려
섬은 파도처럼 향유가 넘실거리고
숲 속에선 온갖 새들이 지저귀는데
그대에게 한 마리 새가 되어 날아가리라

풀섶엔 수선화 민들레 제비꽃 붉은 장미들
온갖 향그런 꽃들은 우리 발아래
수줍은 얼굴로 무지개처럼 피어나고
새벽이슬을 갓 머금어 더욱 고결해

그러나 우리 사랑은 벼랑
저 아득한 천 길 단애 속
슬픔의 한가운데로
한 송이 낙화 되어 져버린다 해도

찬란한 별빛으로 타오르는
황홀한 우리 사랑은 벼랑

* 구스타프 클림트(1862~1918) : 오스트리아의 화가 '키스'라는 작품이
  유명함
* 1연 : 호머의 '오디세이'에서 인용
  '아데네' : 제우스의 딸 (여신)

유월의 숲

어느 먼 산 너머에서
불어온 바람결에
수런대는 유월의 숲
이파리마다 가지마다
바람이 불어가는 곳으로
몸을 맡긴 채
아찔한 산향山香을 내뿜으면서
머릿결을 쓰다듬는 듯한
젊은 여인, 여인들이여

꾀꼬리 소리 사라진
한적한 숲에 비가 내리면
다시 수런거리는 유월의 숲
이파리마다 고개를 들어 올리고
연두알 초록비 맞아서
싱그러워진 맨얼굴들
깊은 가슴 그리운 이에게
연서를 쓰는 듯한
저 손짓, 손짓들이여

세석 철쭉

목말랐던 한 생애
비로소 이곳에 와서
타오르리라
화엄, 장엄
송이송이 꽃불로
타오르리라
고원의 바람 속에서
천지간에 향기롭게 타오르리라

재가 되리라
수천수만 꽃불송이 타올라
아름다운 승천,
지리산의 계곡 숲 나무들마다
혼성 합창곡으로 숭엄해지고
말갛게 씻긴 혼백
한 점 흰구름으로 떠올라
노고단 산정으로 흘러가리라

부석사* 가는 길

사과꽃이 피면
사과꽃 길을 걸어
다시 한 번 오겠노라고
무량수전에 한 약속
지키지 못한 마음 미안해서
사과꽃은 다 지고
하얀 눈꽃 내리는 날
부석사 무량수전을 향하여
한 잎 한 잎 꽃눈 맞으며 가네

가슴 속 깊은 곳에 묻어 둔
평생의 아픔이
전생前生의 바다를 건너와
천 년의 순결한 바위가 되어
차마 지상에는 사랑을
내려놓을 수 없어
허공에 떠 있는 맨발의
시린 사랑이여!*

무량수전에 올라 바라보는 저 하늘 끝
자욱이 짙어지던 눈꽃 그치고
산첩첩 구름구름 날개옷 속에
무량무량 이어지는 사랑의 이야기
천년의 세월을 떠받치는 사랑의 노래로
부석사浮石寺 무량수전
고요 속에 눈을 감네

* 부석사 : 신라 문무왕대에 의상대사가 창건했다는, 영주시 부석면에 있는
  고찰.
* 2연 : 의상대사와 선묘낭자의 설화에서 시상을 가져옴.(중국 당나라로 유
  학을 간 의상에게 연정을 느낀 선묘낭자가 이룰 수 없는 사랑으로 바다에
  몸을 던져 용이 되어 신라로 와서 의상을 지켰다 함.)

천 년의 사원에서
— 앙코르와트

이슬비 속에 꽃잎 지는 어느 봄날
나, 고요히 눈을 감고 떠나간 후
천 년 세월 흐른 뒤에
앙코르와트 연못 속에서
한 송이 어여쁜 수련으로 피어나리라

이 꽃 덤불 저 숲 속 날아다니다가
꽃 섶에서 한순간 나래 접는 날
내 혼은 훨훨 날아 이곳에 와서
돌 하나로도 공덕을 쌓는다는
탑 모퉁이에 사뿐히 나래 펴는
나비가 되리라

일만 송이의 슬픔과
백만 가지枝의 고통과
천만 개 기쁨의 열매로 열린
사랑과 함께 묻혔다가
수많은 생이 흐른 뒤에야

천 년의 신비,
천 년의 깊은 꿈
어느 유랑인의 눈부처 속에 머무는
앙코르와트 노을길
만다라,
그 은은한 미소로 피어나리라

통영

남해 쪽빛 바다
수평선 멀리
그리움을 이고 서 있는
푸른 섬들을
한없이 돌아 돌아
그곳에 가면
충무라는 옛 이름이
더 정겨운 곳

청춘의 쓸쓸함에
어디론가 떠돌고 싶었던
스물셋 수평선이
통영과 맞닿았던 곳
흰 물새들이 날개를 펴
내 마음의 비애를
짠 바닷물에 적셔주던 곳

먼바다
수평선 너머가서

돌아오지 못한 사랑
기다리다 기다리다
갈매기 울음소리 노을에 젖어
찬란한 일몰 속에 잠기었던 곳

목어의 비늘 한 개

오래 전
내 몸 속에
새겨져 있던
경전 한 구절,
선암사 쇠북소리
울리게 하던
목어의 비늘 한 개,
은하수를 건너온
밤하늘 피리 소리
한 가락이
어느 봄날
전생의 바람 속에서
한 번 만나
환히 웃는
당신 얼굴
꽃그늘 아래
천리향, 만리향 되어
한없이 흘러가네

3부

눈썹달

스물이나 스물 하나 갓 접어들어서
세상이 온통 무지개로 빛났을 때

산골짜기마다 연둣빛 이파리들이
황홀한 슬픔 같은 연정으로 솟아 나올 때

발 디디면 벼랑, 내려갈 수 없어
당신의 깊은 우물 속 아슬아슬 엿보았을 때

사무치게 어여쁜 눈썹달 하나
당신의 하늘에 달아드릴걸

물들이네

섬진강 물길에 내 마음 젖어
만가을 속으로 한없이 따라가 보면
가로수 단풍나무들
온몸에 이는 불길 다스려내어
피어난 상처 끝
손가락 꽃잎들 붉게 곱게 물들이네

남해 바다 푸른 섬들은
저마다 홀로 사색에 뒤척이다가
등 시린 외로움 한 치씩 깊어지면
오래오래 감추어둔 붉은 연서를
노을 녘 물결 위에 줄줄이 풀어쓰면서
타오르는 설움으로 온 바다를 물들이네

오늘 밤 내 마음도,
지난 가을 따온 쑥부쟁이 꽃잎들
마른 향 꽃베개 속에
얼굴 묻고 잠들면
가슴 속 먼 먼
옛사랑의 향기로 물들겠네

어두워지고서야

낮에는
제 잎들과 줄기와 함께
도란도란 이야기 나누다가
어두워지고서야
얼굴을 드러내는 꽃

저녁 시간에 만나는
사람들의 정다운 미소
그 속에 담겨 있는 고단함에
꽃물결 한 줌 주고 싶어
저녁 하늘에 새로 돋는 별처럼
분꽃은 피어난다

작고 아기자기한
사랑의 잔물결 웃음을
어두워가는 하늘에 뿌리다가
지상의 꽃밭으로 내려와
노랑별, 분홍별로 피어난다

별이 된 꽃마다
어두워질수록
마음을 더 환하게 내어놓는다

내 눈 속에 새 몇 마리

어느 날부터인가 내 눈 속에서
작은 점 몇 개가 날아다닙니다*
눈동자를 움직일 때마다
그 녀석도 함께 따라옵니다
나비도 같고
잠자리도 같고
어느 땐 작은 새 같기도 합니다
더러는 어디로 숨었는지
보이지 않을 때도 있습니다
잊고 있으면 전혀 보이지 않다가
나랑 친해지고 싶으면 불쑥 날아와
빨간 고추잠자리였다가
하늘하늘 나비가 되었다가
허공에 물결을 이루면서
날아가는 새가 됩니다
그 불청객들은 누구일까 궁금해서
안과의사 친구에게 가보았더니
자기는 진즉부터 데리고 산다면서
그냥 데리고 살라고 합니다

그 녀석들과 함께 살고부터는
우리 아파트 느티나무에
새가 날아오지 않는 날이 있어도
장미밭에 나비가 날아오지 않는 계절에도
내 눈 속엔 사계절 나비와 새가 살아서
내 마음속에도
바람 속에 새들이 훨훨 날아다닐
푸른 하늘을 들여놓고
나비떼가 날아다닐
향기로운 꽃밭을 일궈놓았습니다

* 비문증飛蚊症 : 눈 속에서 작은 점들이 눈동자가 움질일 때마다 따라서
  날아다니는 증세

자작나무 숲에서

네 푸른 이파리들이
고적함 속에 하늘거리며
바람에 뒤섞여오는
저 쓸쓸한 몸짓들을 보면

더러는 새떼로 날아오르다
깎아지른 절벽 위의 새벽 수도원에서
바람에 실려오는
그레고리안 성가가 되기도 한다

어느 옛 시인 하나는
네 숲에 와서
간절하고 또 간절하게
평생의 시 한 구절을
찾아 헤매었다지
평생의 기다림 끝에
한 그루 외롭고 높고 쓸쓸한*
자작나무가 되고 말았다지

자작나무,
곧고 순결한 너의 숲에 들면
세상 밖 한 생이
영화 속 스크린처럼 흘러가 버린 듯하고
어느 한 시인의
맑은 눈물 한 떨기 속에서
가을 하늘의 높고 푸른 사랑만이
청청하게 빛나고 있구나

* 백석의 시「흰 바람벽이 있어」에서 차용함

가을 숲의 사랑

단풍들 무렵부터 가을 숲에 들었다
첫날엔 단풍도 나도
서로의 마음을 아는 듯 모르는 듯
그저 지나쳐갔을 뿐
길 하나가 멀리 보였다

며칠이 지나면서
단풍잎들은 찬란하고도 슬픈 얼굴로
내 마음속에 바람 한 줄기를 풀어놓았다
가을 숲의 마음이 나에게 다가오고
내 마음이 가을 숲에게로 스며들기 시작하였다
서로의 가슴 속으로 여리게, 조금씩 붉게

가슴 깊은 속 어딘가에 감추어진
애틋하면서도 서늘한 사랑
수천수만 심장을 터트려
붉은 잎들이 천지간 물들었을 때
가을 숲은 비로소 길을 내주었다

가을 숲에는
누군가 손을 잡고 걸어간 길이 있다
저만치서 손 흔들며 꼭 올 것만 같은,
그러나 하염없이 기다려도 오지 않는
한 생의 쓸쓸한 길이 남아 있다

은유법으로 오시는 어머니

새해 첫날 오후 나절 잠깐 시든 낮잠 속
몇 년 만에 꿈길 걸어오신 어머니
노란 수선화밭인지 민들레꽃밭인지 아련한
너른 텃밭에 노란 꽃이 만발한 봄날
햇살도 맑고 바람도 좋은
영화 속 한 장면 같은
그 풍경 속으로 오신 어머니

낭자머리 동백기름, 숙고사 옥색 치마
바람결에 날리며 사뿐사뿐 걸어오시네
내 어린 날 손잡고 다정하게 함께 걷던
늘 고운 그 모습 그 자태로 오시네

손에는 나의 핸드폰을 쥐고 계시네
아! 내가 얼마나 오랫동안
당신의 안부를 묻지 않고 지냈는가!
내 기별을 묻고 싶어 수만 리 길을 걸어
꿈길 속으로 나를 찾아 먼저 오신 어머니

한 자루 촉루髑髏 마저
한 마리 학이 되신 어머니
나의 핸드폰을 가지고 노란 꽃밭을 지나
나무 그늘 속으로 걸어가시네
꿈길 속에 흐느끼며 어머니! 어머니!
시인인 딸의 안부 잠시라도 듣고 싶어
은유적으로 오신 나의 어머니

새벽 사원
— 태국에서

어스름 뱃전에서
어느 소녀가 걸어준
꽃목걸이의 향기와 함께
강을 타고 올라가
새벽 사원에 닿는다
맨발로 사원의 계단을 오른다
한 발자국 한 발자국
제단을 오른다
두 손을 모두고
사원의 맨 꼭대기에
마음도 모둔다
아직,
강물에 다 흘려보내지 못한
사랑의 노래가
가슴 깊은 곳에 남아 있어
새벽 사원의 유리처럼 반짝인다
반짝이다 햇살에 부서져
천만 개의 사금파리가 된다
저, 황홀한, 눈부신

상처, 상처의 조각들
새벽 사원의 아름다움은
강물이 다 흘려보내지 못한
사랑의 노래
반짝이는 파편들의
슬픈 노래가 있기 때문이다
새벽마다
상처받은 영혼들의 고해성사가
꽃향기로 남아있기 때문이다

어느 도공의 하루

고향의 논둑길을 거닐며
평생 심장이 뛰는 일을 하고 싶다고
첫사랑을 고백했다는 남자
미대를 나와 꿈을 찍어내듯
도자기를 굽기 시작했다는 남자
도자기 하나하나에 혼을 넣어
가마터에서 구워질 때는
불꽃 속에 심장이 타오르기도 했다는데

— 흙으로 빚었으나 숨결을 담고 나온
   새로운 생명들, 꽃불 속을 걸어 나와
   천상에서 지상으로 막 내려온 몸들 —

그러나 정작 돈벌이가 되지 않아
생활 도자기 찻잔들을 빚어내어서
하루는 장터에 좌판을 벌였으나
온종일 펼쳐놔도 사가는 사람 하나 없고
밥티처럼 눈이 내려와 찻잔 속에 쌓이는데
저물녘 옆자리 동태 파는 아저씨와

물물교환하자고 슬며시 마음을 보였더니
하하하 웃으면서 그러자는 동태 아저씨
찻잔 세 개를 주고 받아온 동태 열 마리
집에 와 쑥스럽게 내어놓으니
오랜만에 동태전, 동태탕 맛있게 먹는다는
어머니 눈물겨운 한 말씀으로
온 가족 두레 밥상에 피어나는 함박꽃

나무처럼

그 아주머니 언제나 그곳에 서 있습니다
오후 네 시만 되면 삼천동 떡집 앞 골목길에
하루도 쉬지 않고 서 있습니다
오전엔 집에서 부지런히 반찬들을 만들어
오후 네 시가 되면 반찬들을 가득 싣고서
반찬차車를 한 대 가지고 나온답니다
금방 담은 갓김치, 열무김치, 고들빼기김치
생채, 깍두기, 배추김치, 파김치까지
김치란 김치는 모두 담가와
마치 김치 백화점 같습니다
솜씨가 좋은지 김치가 참 잘 팔립니다
그러나 퍼주는 솜씨로 더 잘 팔립니다
김치 뿐만 아니라 다른 반찬도 잘 팔립니다
콩자반, 멸치자반, 오징어채볶음
계란부침, 콩나물무침, 도라지나물
없는 반찬 없는데 손님들이 참 많습니다
칼바람 불어와도 삼백예순날 그 자리에
아주머니, 나무처럼 서 있습니다
그 나무 자세히 들여다보면

겨드랑이 사이로 푸른 잎사귀들이
올망졸망 자식잎으로 피어 있습니다
겨울 매운 바람에도 그 잎사귀들
싱싱하게 키워내느라
오늘도 아주머니,
나무처럼 서 있습니다

오가피 국수

장죽리*라는 마을에 가면
지금도 오가피 국수를 끓여 먹는다
마을 앞산에 흰 눈 쌓여
삽살개도 덩달아 흥이 나면
할머니들 싸드락싸드락 걸어서
마을 회관에 모여든다
덜 나이 든 할머니들이
더 나이 든 할머니들을 위해
밀방망이로 빚어낸 칼국수를
오가피나무 삶은 물에 펄펄 끓여내어
둘러앉아 한 그릇씩 정답게 먹는다
송글송글 이마에 땀 흘리며 할머니들
이 빠진 입 옴죽옴죽 맛있게 먹는다
인공 지나고 먹을 것 없던 젊은 시절
축난 몸 보신한다고 달여낸 오가피 물에
연한 국숫발 몇 오라기씩 담아내어
질긴 목숨 이어온 험한 날들 돌아보니
이제는 온갖 것 다 해먹는
참, 좋은 세상 되었다며

포개놓은 국숫발보다 더 주름진 얼굴에
"허허허, 허허허"
하회탈 같은 웃음 가득 담아
더 나이 든 할머니들이
덜 나이 든 할머니들에게 덜어주며
오가피 국수 맛있게도 잡수신다

* 장죽리 : 경북 포항 근처 어느 시골 마을

모과나무 아래서

연분홍 애기손톱 같이 돋아나
정원에 모과꽃 피던 날
모과나무 아래서 향기로움 기다렸네

여름날의 푸르스름 빛깔에서
이 가을의 노르스름 빛깔까지 오기에는
햇살과 바람과 안개비와 노을이
여무는 씨앗에 향그런 과육에 담겨 있었네

하늘과 구름과 달빛과 별들의 속삭임까지
그 푸르스름 속에 다 담겨져 있어도
화가가 그림 속에 제 빛깔을
다 그려내지 못하는 것처럼

저 황홀한 노르스름 속에 온 가을이 다 담겨 있어도
도저히는 온전하게 표현할 수 없는
푸르스름에서 노르스름으로
그 사이를 건너가는 무수한 언어들

이제 모과나무 잎새들 다 져버리고
파란 가을 하늘을 배경 삼아 울퉁불퉁 잘 익은
모과알만 몇 개 빈 가지들에 매달려 있네

어느날 툭, 지상으로 떨어지기 전
모과는 아마도 제 몸속에 감추어두었던
푸르스름한 슬픔과 노르스름한 향기를 함께 풀어내며
바람 속에 아름다운 절창의 시를 쓰고 있을 것이네

어스름 산책

잠자리 날개보다 얇은 베일이
강물에, 나무에, 풀꽃에
고요히 내려앉는다
먼 산이 흐릿해지고
하늘도 멀어진다

오랜만에 걸어보는 어스름 산책
멀리서부터 풍경들이
산자락 마을 속에 잠기고
강물은 먼 이야기를 담아 흘러간다

강 건너 창들에는
하나 둘 불이 켜지고
산과 들의 경계가 아련해지는데
낮 동안 걸어두었던
마음 속 빗장도 스르르 풀리면서
나를 돌아서게 한, 거칠게 불던 바람도
어느새 미풍이 되어 흘러간다

새떼들 산 너머로 날아가 버린
어두워진 하늘에 별 하나 돋는다
지나온 날들의 슬픔
별이 되어 반짝, 빛난다

자두알

새벽 과일시장에 나가 경매사의
알 수 없는 무어라무어라 암호 끝에
자두 한 상자를 사 왔습니다.
짙은 보라색의 과육을 한 입 가득 베어 물면
주르륵 고여 드는 달콤새콤 그 향기
어릴 적 고향집 뒤란의 장독대 옆 자두나무
바지랑대로 따던 자두알 영락없는 그 맛입니다
자두가 익을 무렵이면 가끔씩 장독대로 나가
울타리 나무 사이로 보이는 파란 하늘을 보며
천상의 소리 인듯한
'동백아가씨'를 자주 불러 보았습니다
막내는 라디오에서 노래 한두 번 들으면 다 외운다는
장교 시절 휴가 나온 큰오빠의 칭찬이 마냥 좋아서
장독대를 무대 삼아 꿈의 노래를 실컷 불렀습니다
그러나 천상에서 내려오는 동백아가씨의 목소리는
아직은 새큼한 자두 맛 같은 내 목소리가 익기도 전에
손가락 사이로 부는 바람결에 실려가 버렸습니다
이듬해 뒤란의 자두나무 새하얀 자두꽃 다시 피어나
장독대엔 두어 번 여름 가고 가을 오고 흰 눈이 내려

담임 선생님이 사오신
중학교 입시원서에 이름을 적고
흰 구름 따라 유년의 꿈도 사라져 가버렸습니다
그게 어느새 몇십 년도 더 전의 일이랍니다
무어라무어라 알 수 없는 경매사의 암호처럼
세월의 암호를 풀지 못하며 이제껏 살아왔지만
오늘 아침 자두 한 알 새콤달콤 향기로움 속에
삶이 더러는 자두꽃처럼
싱그러워지는 날도 있긴 합니다

대흥사 천불전 꽃살문 앞에서

일월 찬 바람 속에서
나, 뜨거운 눈길로 당신을 뵈었네

땅끝마을에 두고 온
남해의 물결 소리
어느새 내 뒤를 따라와
천불전 꽃살 무늬 속에서
다도해 푸른 섬들로 출렁거리네

그 누구의 조각도로
지상의 바람 한 줄기,
천상의 구름 한 점 새겨넣어서
저리도 고요한 우주를 담았는가

삶이 구름이라면
한 장의 환幻이 되어
두륜산 아득한 능선 너머로
말없이 흘러가는데

하늘 시린 일월 찬 바람 속에서
활짝, 활짝 싱싱하게 피어나는
천불전 꽃살문 꽃잎들이여!

대흥사 동백나무 잎사귀보다
푸르게 푸르게 돋을새김하는 혼들의 꽃
뜨거운 가슴으로 오늘 당신을 만났네

안개

아득한 전생에서부터였을까
가슴 속 매운 연기로 피어올라
지척을 분간할 수 없었던
동백정, 서천 바다 위로
이생의 안개는
일만 필疋이나 펼쳐지는데
천지를 휘감는
명주천 한 올 한 올에
천 길 깊이깊이 감춰두었던
그 붉은 단애의 마음을 엮어
삼천대천 이 바다에
무진무진 풀어 놓으면
소금도 다 삭아내린 심연
파도 이랑 일렁이다가
후생, 어느 나그넷길에서라도
한 줄기 인연의 빛이 되리라

눈보라에도

바위들 눈보라에 차가워진 몸
안으로 더욱 뜨거운 명상에 잠기고

나무들은 뼛속까지 시린 눈보라에도
삭풍의 가지들 흔들리면서
봄날의 향기로운 꽃잎을 품고 있었네

강물은 전신으로 저려오는 눈보라를
따스한 눈물로 흐르게 하여
제 영혼의 물결을 스스로 정화시키고

바다는 휘몰아치는 눈보라 속에
천수관음의 푸른 손바닥으로
철썩이며 철썩이며
세상의 죄업을 자꾸만 씻어내고 있었네

수만리*, 그 곳에는

　수년 전 ㄱ선생님은 퇴직을 하고 도심을 떠나 위봉산 그늘 자락 '수만리' 속으로 은자처럼 들어 가셨습니다 일년이면 한두어 통 편지를 보내오셨는데 수만리 그곳에는 새소리 물소리 바람 소리 빗소리 눈 내리는 소리 모두가 아름답고 하늘빛 구름빛 꽃빛 여울빛 무지갯빛은 더더욱 현묘하고 사랑스러워서 당신이 이 세상에서 가장 복 받은 사람이라고 참으로 행복해하셨습니다

　봄이면 텃밭에 나가 상추 쑥갓 씨를 뿌려 계절 내내 싱그럽고 골짜기마다 뻐꾸기 울면 유월 앵두 붉은 술, 청매실 따서 초록 술 향그럽게 담그며 가을이면 김장배추 뽑아다가 양념 가득 포기포기 항아리에 담가놓고 겨울되면 고구마 쪄내어서 도란도란 이야기에 밤이 깊다가 창밖에 눈이라도 내리는 날이면 비발디의 사계 중에 '겨울'을 듣는다 했지요 첫눈이 내리면 젊은 날의 연인과 함께 걸었던 추억의 거리를 생각하면서

　당신은 어느새 농부가 다 되어 마을 아주머니들과도 품앗이할 정도로 친숙해졌고 웃뜸 아주머니들 보리밭에

풀 매는 날 종달새 높이 날면 치마폭에 감겨온 바람 따라 밭이랑에 함께 앉아 상큼한 호밋날로 햇살 한 줌씩 캐내다가 가슴 속 고랑마다 얹혀진 이야기들 강처럼 연실처럼 풀어놓는다 하셨지요

붉은 해 서산마루에 지고 저녁 하늘 곱게 노을이 들면 끝없는 상념이 피어오르고 땅거미 질 무렵 집집마다 저녁 연기 모락모락 오르는데 포플라나무 그늘 밭 둔덕에 앉아 있으면 마치 성모님의 옷자락에 안겨있는 듯 푸근하고 감미로워 한 순간 푸른 영혼에 감싸인 행복감으로 눈물은 진주가 되어 알알이 맺힌다 하셨습니다

풀과 함께 흙과 함께 사는 일이란 수만리 떨어져 사는 외로운 사람들과도 서로의 마음을 풀빛으로 하늘빛으로 도자기처럼 빚어내어 그 마음 건네주고 건네받으며 손수건으로 아픈 눈물 닦아주는 일, 봄과 여름의 건널목에서 불어오는 동남풍을 온몸으로 받아내어서 하늘 아래 땅 위에 가장 눈부시게 기록해논 문장 같은 것, 따스하고도 서늘해서 깊고 깊은 사랑의 수만리 편지!

그러나 가까운 듯 먼 듯 수만리도 아니면서 수만리 밖
에 있는 듯 늘 눈에 아른거리고 언제라도 가고만 싶은
내 마음의 그림 속에 떠오르는 고향 마을, 그곳은 눈 감
아도 잊히지 않는 꿈결처럼 아름다운 곳, 당신이 사는
마을 '수만리'랍니다

* 수만리 : 전라북도 완주군 소양면에 있는 마을 이름

4 부

단풍

오래오래
이 슬픈 듯한 현란함으로
살고 싶습니다

하늘 바라보는 일만이
사랑인 줄 알았었는데
서로를 바라보는 일 또한
그지없이 아름답다는 것을
오색으로 물들면서 알았습니다

바람결에 흔들리는 일은
아슬아슬하면서도
넘치도록 사랑받는 기쁨이었습니다

삶의 이파리, 이파리마다
슬픔의 무늬와 기쁨의 무늬들로
곱게 물들여준
산과 바람과 나무들에게 나도
사랑한다, 사랑한다

눈물 글썽이는 눈으로
말하고 싶습니다

어느 알 수 없는 허공으로
떠나가기 전
이 눈부신 슬픔 위에
찬란한 눈물 한 잎 뿌리렵니다

십일월

추수 끝난 벌판에
까마귀떼
물결처럼 날아가는 달

노랗게 낙엽 쌓인 골짜기에서
홀로 앉아 저물도록
생각에 잠기고 싶은 달

젊은 날의 뜨거웠던 마음 한 자락
밤 새도록 길고 긴 편지를 써서
먼 그대에게 부치고 싶은 달

깊고 낮은 첼로
로스트로포비치를 들으며
커피의 향기 속으로 들어가고 싶은 달

갈대 서걱이는 강 언덕에 앉아
하염없이 눈물에 젖고 싶은 달

고향의 언덕배기 은행나무 아래
정답게 누워 계시는 어머니, 아버지
못 견디게 그리워지는 달

꽃처럼 피어나는 기도문으로
영혼의 접시에 밝혀진 촛불이
아름답고 고요히 타오르는 달

유년의 수수밭

내 마음 먼 가을의 문을 열고 들어가면
거기, 드넓은 수수밭이 펼쳐져 있고
수수알 여물어가는 수숫잎들이
서걱서걱 바람결에 일렁이고 있었네
수수밭 비탈진 둔덕을 내려와
작은 시냇가를 따라 한동안 걸으면
산굽이를 돌아가는 강물이 흘러가고
흐르는 강물 따라 한없이 걷다보면
미지의 세계가 꿈결처럼 열리고
신기루 하나 눈부시게 서 있었네
산모롱이 저 쪽으론
나의 미래를 실은 기차 한 대가
흰 연기 속으로 사라져 가고
연기는 하늘로 올라가 구름이 되었네
구름이 다시 소나기로 내려오면
높은 하늘 아래서 어린 나의 꿈은
눈물 속에 찬란한 무지개로 빛나고
떠나간 기차의 기적汽笛 소리는
새로운 기적奇蹟이 되어 돌아오곤 했었네

110

산굽이를 돌아 시냇물을 거슬러 올라와
마른풀 향기 가득한 들꽃길을 되돌아오면
다시 수숫잎들 춤을 추고
거기, 아직도 내 유년의 수수밭이
바람 속에 서걱이고 있었네

달빛 소나타

1
보름달이 동산에 환하게 떠서
온 마을을 다 비추고
산들이 초저녁 잠에 들기 시작할 때면
창님이랑 영수랑 나는 서로 약속이나 한 듯
당산바위에 나와 앉아 기다렸다가
서로의 그림자를 장난삼아 밟으며
아랫마을 평촌으로 마실을 가곤 했지요

2
어느새 친구들도 달빛에 이끌리어
동구 밖 육모정에 마중 나와 있었지요
달밤의 술래잡기에 숨이 가쁘면
우리는 모여 앉아 알밤도 까먹다가
자갈자갈 시냇물에 웃음소리도 흘려보내면서
호젓한 달빛에 취해 우리 마을까지
가르마 같은 선명한 길 다시 걸어 올라오지요

3
산들은 깊은 잠에 들어 한없이 고요하고

온천지엔 달과 우리들 뿐이었지요
당산 바위 들머리까지 오면
눈치 없는 개들은 컹컹 짖고
우리는 당산바위에 올라앉아 달빛 속에서
라디오 연속극 이야기로 꽃을 피우다가
정답게 아랫마을로 다시 내려가지요
보름달은 이미 중천으로 떠가고
그윽하게 펼쳐진 마을과 산 그리고 하늘
흰 달빛 아래 풍경화 참으로 아름다웠지요
그 속에 우리들도 한 점 풍경이었지요

4
이내 서편으로 달이 기울고
이슬에 풀잎이 촉촉이 젖어
복숭아뼈 부근도 젖을 때쯤이면
고덕산 능선 따라 골짜기마다
신새벽 푸른 빛을 띠기 시작했지요
지금은 먼, 아주아주 오래 전
우리들 열세 살 적 일이었지요

늦가을 산동마을

단풍잎들 다 지고
나뭇가지에 몇 잎 달린
늦가을 아침
산동마을에 갔었네
봄날의 산동, 온 천지를 노랗게
물들이던 그날은 간데없고
찬 서리 맞아 볼이 시린지
한층 빨개진 산수유 열매들
저마다 한 생의
깊은 꿈을 담고 있었네

산책로를 따라 조금 더 오르니
이른 추위에 얼어버린 꽃가지들 사이로
국화꽃 마른 향기 아직은 남아
산그늘 골짜기로 잔잔히 흐르는데
나는 산동의 아름다웠던
봄날의 시 한 구절을 찾아 헤매고
지리산 능선 위로
퍼져오는 아침 햇살이

산수유 열매들의
꽃을 지나온 일생의 꿈을
알알이 더욱 붉게 물들이고 있었네

다시, 하회마을

1
어느 봄날, 햇살 좋은 날
하회 마을에 다시 가면
느릿느릿 골목길을 걸어보리라
이 골목 저 골목
담장 안 나무들 연둣빛
물오른 가지들도 기웃거리면서
한가로이 걸어보리라
골목길을 다 돌아 나오면
한눈에 펼쳐지는 먼 능선들!
풀향기 차오르는 논둑길 아무 데나 주저앉아서
한나절 그 능선들만 오래오래 바라보리라
그러면 내 마음 한없이 편안하고 부드러워져
세월을 잊은 듯이 풍경 속에 담겨 있으리

2
바람이 불면 아름다운 부용대에 올라서
하회 마을 돌아가는 강물의 속삭임도 들어보면서
탈탈탈 세상 번뇌 털어버리고

하회탈처럼 크게 한 번 웃어도 보리
뉘엿뉘엿 해가 지면 병산서원*으로
책 한 권 옆구리에 끼고 들어가
만대루*에 올라서 시를 읽다가
병산에 보름달 두둥실 떠올라
모래밭에 달빛 백설처럼 환하면
낙동강 맑은 물에 발을 담그고
속진에 찌든 때 흘려보내리
강물에 비친 산그림자처럼
내 마음 한 폭 수묵화에 담아
고요히 한세상 그려내리라

* 병산서원屛山書院 : 산이 병풍처럼 둘러져져 있다 해서 병산이라는 명칭이
  유래되었다 함.
* 만대루晩對樓 : 당나라 시인 두보의 시 「백제성루白帝城樓」에 나오는 '취병의
  만대翠屛宜晩對(푸른 병풍처럼 둘러쳐진 산수는 늦을 녘 마주 대할 만하
  고) 백곡회심유白谷會深游'(흰 바위 골짜기는 여럿 모여 그윽히 즐기기 좋
  구나) 에서 인용되어 이름이 지어졌다 함. 병산서원에 만대루가 있으며
  그 앞에 낙동강이 흐르고 병산이 펼쳐져 있음.

능소화꽃 더욱 붉어지던 집

뒤란의 장독대 옆 앵두꽃이 한창이면
아버지 봄 지게에 진달래꽃 얹혀져 와
어머니 꽃입술 웃음이 화사했던 날들이여
산모롱이 먼 십 리 학교 갔다 오는 길에 소나기 만나
옷 젖은 채 달려와 엄마 품에 안기면
젖은 머리, 수건으로 닦아 주던 손
살풋 든 낮잠 끝에 꿈속에서 일어나면
먼 산에 허리 안개 그림처럼 피어오르고
우물 앞 때죽나무 타고 오르던
능소화꽃 더욱더 붉어지던 집
가을이면 하늘도 산골 물도 깊고 맑아져
열두 살 어린 가슴도 깊고 맑아져
파란 하늘 흰구름 느티나무 빨간 단풍을 보고
뜻 모를 눈물 속에 깊어져간 가을날들
서릿발 서걱거려 국화꽃잎 지고 나면
마른 국화 향기 문풍지 사이로 가을은 가고
눈발 자욱이 내리는 겨울 저녁 고샅길로
마을 회의 알리는 나팔 소리 퍼져나갈 쯤
사철나무 푸른 울타리에 토방의 신발 위에

눈보라 더욱 거세게 들이쳐와도
외양간에 쇠죽 먹은 어미 소도 행복한 저녁
온 식구들 따뜻한 아랫목에서
도란도란 이야기꽃 피우는 동안
이불 속 어머니의 발등 위에다
어린 새같은 내 발목을 포개놓기도 했었네
어머니의 포근한 가슴에 얼굴을 묻고
동백꽃 향기 속에 잠들곤 했네

겨울새

폭설이 내린 아침
마당에 나와 눈을 쓰는데
포플라나무 가지 위에서
새 한 마리 울음 운다
투명한 피리 소리가
나뭇가지 사이로 흘러내린다
산속에서 먹이를 찾다가
사람의 마을로 내려왔구나
한 끼 식사를 찾아, 꿈을 찾아
이 추운 눈 속을 날아왔구나

백설의 순결한 이 아침 너는 나에게
은피리 소리보다 고운 노래를 선물해 주는데
나도 눈 쓸던 대나무비를 내려놓고
담장울타리 사철나무 열매를 딴다
배가 고파도 그토록 맑은 울음으로
생을 아름답게 노래하는 겨울새야
너의 신선한 부리 끝에다
사철나무 빨간 열매를 한 줌 뿌려놓으마

가냘픈 그 다리로 가파른 허공,
고단한 여정길을 건너온 너의 지상에
한 끼 성찬을 경건히 차려놓으마

십 년만의 문자

하늘 높이 오르다가
어느 날
연실처럼 툭, 끊어져
곤두박질친 문자들

자음과 모음을 잃어버린 채
전화기 속 깊은 바다 아래서
십 년 동안이나 심해어처럼
눈멀어 귀먹어 있었네

비로소 되감아 풀어준
만 길이나 되는 연실에 걸려
'세월'이라는 그물에
자음과 모음을 다시 짜 맞추면서
푸른 바다 물결로 출렁이네

스마트폰 화면에
싱싱한 물고기로 떠올라
투명한 햇살 속 은비늘로 반짝이네

에돌아온 먼 길
물오른 가로수 가지마다
문자의 이파리들 춤추며 솟아 나오네

맑은 술

아버지가 요즘 자주 꿈에 보이신다고
한식날 새벽같이 고속버스로 달려와
아버지께 술 한잔 올리자고
전화하는 작은 오라버니

은행나무 노란 그늘 아래
편안히 누워 계신 아버지
뼈도 삭고 한도 삭아
저절로 흙이 되시더니

이제는 바람이 되셨나
저 하늘 구름이 되셨나

고향집 마루에 마주앉은 그 시절
소반상 푸른 술병 맑은 술에
한 잔 두 잔 뜨거워지던 부자간의 정
산 높고 골 깊던 어버이 사랑

어느새 칠순도 넘은 작은 오라버니

오늘은 아버지 누워계신 푸른 잔디 위에다
눈물 방울방울 섞어 맑은 술 따른다
더없는 사랑으로 찰찰찰찰
넘치도록 자꾸만 따라 드린다

그 술, 아버지는 수염발 쓰다듬으며
허허허허 맛있게도 받아 마시고
잔디 속에 피워놓은 담배 연기는
그리움 되어 하늘로 하늘로 피어오른다

겨울 경기전

경기전에 가면
아름드리나무들이 있어 좋았다
고목이 된 한 그루 매화나무랑
등 굽은 할아버지를 닮은
오래된 배롱나무가 내 마음을 끌었다

그러나 겨울 경기전에 가면
늘 바람 소리를 내는 대숲이 참 좋았다
기린봉 산향기와 오목대의 바람 냄새를
온몸으로 받아서 서걱이는
댓잎들의 해맑은 몸짓들

잃어버린 왕조의
슬픔도 눈물도
다 씻어내는 듯한 대숲의
투명하고 깨끗한 대바람 소리
삭풍 속에서도 여린 손가락들로
새로운 날들의 역사를 다시 쓰고 있었다

후원을 돌아나와 담장길을 걷다 보면
전동 성당의 종소리 은은하게 울려와
오래된 나무들은 고요 속에 저물고
멀리, 명상하는 모악산 능선 너머로
서편 하늘은 곱게 물들어가고 있었다

금암동 이층집
— 큰오빠를 위하여

금암초등학교를 지나
작은 골목길 하나 돌아가면
거기 나지막한 언덕 마루에 네덜란드풍
빨간 지붕에 삼각형 이 층을 세워
큰오빠가 처음 새로 지은 아담한 집

사월이면 화단에 하얀 목련이 피고
유월이면 담장가에 덩굴장미 빨갛게 필 때
어린 조카들, 준이의 바이올린 선율은
꽃잔디 위로 흐르고
영아의 모차르트 피아노곡이
나팔꽃 송이처럼 피어나던 집

큰오빠 멀리
해외 출장이라도 가는 날엔
젊은 새언니는 고운 미소로
포도송이 복숭아 쟁반 위에
도란도란 이야기가 쌓였지

보름달이 환하게 뜨면
이층 거실 통유리 창으로
쏟아진 달빛은 한 편의 서사시가 되고
문학과 젊음의 고뇌를 커피잔에 담으며
친구와 몇 날 며칠 밤을 새운 집

늙으신 아버지의 곤한 잠 곁에 앉으면
텃밭에서 깻단을 털고 오신 들깨 향기가
온 방안에 은은히 피어나던 집

함박눈 소복소복 앞마당에 쌓이면
먼 산에 누워계신 어머니 그리워
잠 못 들어 한밤 내 눈물 짓던 집

설일雪日

흰 눈이 한 잎 두 잎 내리기 시작할 때 불현듯 집을 나서 당신에게로 갑니다 봄이면 들찔레가 향기롭고 야산에 진달래가 지천이던 곳 가을이면 산머루가 익어가고 들국화가 피어 있던 곳 그 산길을 따라 올라왔습니다 오르는 사이 눈이 쌓여 산도 들도 적막하고 외로운 길만이 호젓합니다 눈발은 더욱 굵어져 세상은 더없이 하얗습니다 천국인 듯 동화의 나라인 듯 천지 분간 어려워지고 당신은 어느새 치맛자락 끌며 반가운 마중을 나오십니다 어머니를 감싸 안듯 조용히 두 손에 눈을 받아 봅니다 하얗고 순결한 눈을 받아 냄새를 맡아 봅니다 어릴 적 당신의 품에 안겨 맡았던 어머니의 향긋한 냄새가 납니다 깨끗하고 정갈한 모시옷 냄새 하늘에서 내려온 어머니의 냄새가 이승의 마른 풀 냄새와 섞여서 마치 어머니의 나라에 와 있는 듯합니다 눈 그친 과수원 아래로 옛 마을이 보입니다 눈에 덮여 그지없이 평화롭기만 합니다 큰집 제삿날 밤이면 어린 나의 손을 꼭 잡고 지나던 도랑물도 당산바위 고구마밭도 그대로입니다 지나간 시절들이 흰눈 속에 발자국처럼 선명합니다 어, 머, 니, 당신의 이름을 불러보면은 어머니의 이름도 흰 눈 위에

선명하게 새겨집니다 잘 가라고 손 흔들어 배웅을 하시
는 어머니의 눈물 속에 내 눈물도 그렁그렁 연무 속에
흐려지고 눈발 다시 굵어져 천지를 휘감는데 가물가물
멀어지는 어머니의 소맷자락 돌아보며 돌아보며 흰눈
속에 묻히는 산길을 따라 내려 옵니다

히말라야를 찾아서

나의 삼나무숲에 눈은 내리고
하염없이 눈은 내려 쌓이고
그 눈발 회오리바람 되어
언제나 길을 잃어도
단 한 줄기 내 생명의 길은
히말라야 산봉에 닿아 있었다

지상에서 가장 높은 그곳은
천상과 맞닿은 곳
길을 찾아가는 나의 삼나무숲에서는
사계절 눈이 내린다

지성소에 오르는 길은 높고 험준해서
온몸이 얼어붙어 더러는
발바닥 살점까지 떨어져나간다 해도
가장 깊은 내 가슴 심장 속은 더욱 뜨거워져

삶이란 열 손가락 뭉개진 손톱으로
벼랑의 바위 끝을 한없이 기어오르는 것

히말라야 저 신령스런 연봉은
내 길을 찾아주는 단 한 줄의 문장

삼나무 숲은 언제나 눈이 내리고
내 심장 깊은 곳에서 피어난 뜨거운 얼음꽃은
히말라야 가장 높은 봉우리에서
한 송이 천상화로 장엄하게 피어나고 있었다

고향집 먼 마을엔 싸락눈이 내리고

밖에는 사락사락 싸락눈이 내리고
고향집 먼 마을에도 눈 내리는 밤이면
어머니는 굴풋한 아버지를 위하여
시루떡을 만드시곤 하였다
쌀을 불려 일어서 소쿠리에 담아놓고
팥을 삶아 떡고물도 장만해놓고
절구에 콩콩 쌀을 빻아서
쌀가루 한 둘굼 팥고물 한 둘굼
시루뽄*도 이쁘게 둥글게 발라
청솔가지 활활 태워 한 시루 쪄내면
뜨끈뜨끈 팥시루떡
푸짐하게 한 소반 차려내어서
아버지와 도란도란
동지섣달 익어가던 사랑 이야기
졸음에 겹던 나는 스르르 잠이 들면
고향집 먼 마을엔 사락사락 싸락눈이 내리고
고향집 마당에는 어느새 함박눈이 쌓이고

* 시루뽄 : 시룻번의 사투리

134

풍등

유년의 시냇가에
애잔하게 불어오던 바람 한 줄기
열네 살 꽃봉오리 가슴에 일던
민들레꽃 노오란 봄바람도 한 줌

스물셋 여름날의 강가로 불어오던
무지갯빛 회오리바람도 한 자락
서른하나 서른둘 가을의 바닷가에
쓸쓸하게 불어오던 비바람도 한 줄기

이생의 바람들 다 불러모아
붉은 장미꽃 바구니에 담아서
훨– 훨– 날아오르다가

어둠 속에 홀로 우는 별이 있거든
눈물 속에 반짝이는 별이 있거든

천상의 꽃불이 되어 무한천공 흘러가는
내 마음의 강줄기 은하수를 따라와서
그 눈물 꽃잎으로 닦아주고 가거라

겨울산

저물녘
눈 쌓인 모악산에 왔다

솔숲 작은 오솔길에
누군가 첫 발자국 내어놓았다
문수암으로 가는 길 고요하고
저녁 예불소리 청정하다

먼 산 능선 아래
굽이굽이 흰 골짜기들
빛나면서 외롭다
수도승 같다

눈 쌓인 모악산 아래
쓸쓸함 속에 오래 서서
나, 아무 바람도 없다

영원 회귀의 극진한 순수 서정시
— 아름다운 풍정의 골짜기에 서늘한 감성으로 굽이치는 강

소 재 호(시인 · 문학평론가)

시에서 3요소라 일컬어지는 바, 그 세 가지가 있는데, 회화적 요소, 의미적 요소, 음악적 요소가 바로 그것이다. 이 세 가지를 등가적等價的으로 완전히 융합시켜, 심미적으로 배열한 지성적 인간 사상 감정의 표상이라고 시를 정의하는데, 또한 이는 시의 완결형에 다름 아니다. 우미자 시인의 이번 4시집에서의 작품들이 유별나게 이런 시의 형질을 구축했다는 점이 우선 눈에 확연히 띈다. 말하자면 유기적으로 여러 요소들이 그 역할과 기능을 완수하면서 전체로 조화롭게 원융을 꾀하므로 시의 품격이 현저히 높아 있음을 처음부터 전제해 두고자 한다.

그의 초기 시들이 의미적 교시성教示性이 상징의 옷을 입어 이미지즘의 형상을 띠었다고 한다면 갑년을 넘어서는 즈음에 창작되는 그의 시에서는 음악적 요소가 더욱 부각되어 시의 율격마저 향상 되었다고 감히 필자는

짚어보는 것이다. 우 시인의 시를 가만히 목독하노라면 내재율을 넘어 외재율 이상으로 리듬이 배어 나온다. 이 점은 현대시가 소홀히 여기는 음악성의 문제를 대번에 극복해 버린 성과로도 보여진다.

「해변의 묘지」로 유명한 폴 발레리는 시구의 음악성을 무엇보다 중요시하고 교치巧緻를 궁극에까지 끌어 올렸는데 이에 비견해 볼 정도로 우 시인의 시에서 음악성은 뛰어나며, 이로 말미암아 그의 시는 참신한 감동을 유발한다. 폴 발레리는 말라르메의 순수시 지향을 계승하며 20세기로 오는 현대시 주류에서 서정적 상징 시인으로, 그 한복판에 있었던 시인이다. 발레리가 구조하고 있는 시의 특징으로는 형식과 내용, 즉 말의 음과 의미의 상등성相等性을 먼저 운위해야 할 터이고, 음악에 대한 전조轉調와 서창조敍唱調의 문제에도 골똘하였던 점을 일러야 할 것이다.

우 시인의 시를 서정시의 전범典範으로, 또는 현대시가 가야 할 방향 제시의 수범으로 보아서 그 선언적 기치가 우리 시단에 한껏 펄럭이어야 할 것이라고 필자는 또한 말하고 싶은 것이다. 우 시인의 시는 한편 발레리 외에도 하이네의 시풍에 근접해 있음도 느껴진다. 하이네의 시 「로렐라이」에서 "왜 그런지 까닭을 알 수는 없지만/ 내 마음 자꾸 슬퍼지고/ 옛날부터 전해 내려오는 이야기가 계속해서/ 내 마음에 메아리 친다."고 읊는다. 그 까닭 모를 슬픔, 가슴 속 깊은 곳에서 올라오는 애상적 감성은 우 시인의 시 몇 편만 음미하면 금방 발견되는 정서이다. 그 예로 '화려한 슬픔'으로 일컬어지는 비애미가 자주 시 속에 용해되어 있음을 감지하게 된다. 이 패러독스한 테크닉은 여러 편에서 확인된다. 김영랑의 '찬란한 슬픔의 봄'이란 역설적 묘미를 우 시인의 시에서 채록해 보면 다음과 같다. '눈부신 슬픔, 현란한 슬픔, 반짝이는 눈물, 눈부신 외로움, 황홀한 슬픔' 등이다

이런 시어들은 결국 시적 결기를 북돋운다고 볼 수 있다. 그리고 이러한 목록의 비애미 그 한 치 거리에 대칭으로, 아름다운 형상물, 아름다운 정경, 아름다운 추억을 설정한다. 아름다운 추억과 아름다운 시절 동경의 교밀성巧密性을 바탕으로 다시 시적 자아는 경건하게 품격을 여민다. 시 속의 화자는 우아하고 청순한 아우라를 끝없이 펼친다. 그러니 영원한 회귀 감성 자체인 것이다. 또한 그러면서도 만 가지 사상事象을 기민하게 천착하면서, 이상적 아름다움을 궁극에 올려놓으매, 시편들의 수월성에 무한 찬사를 얹지 않을 수 없는 것이다. 몇 편을 골라 감상하고자 한다.

1. 번짐과 물듦

연초록 잎새 돋아나오는
봄날의 여린 나뭇가지도
늦가을 잎 다 져버린

가을 숲의 쓸쓸함까지도
너의 품속으로 들어가면
이 세상 모든 풍경들이
한 폭의 그림으로 태어나도록
품어주고 안아주는 너만큼만
넉넉하게 살아갈 수 있다면

보일 듯 말 듯한
알 수 없는 인생사처럼
안개에 싸인 여름날의 호수를
은비로이 담아내고
세한歲寒을 건너가는
겨울나무들의 눈물 너머로
청청한 하늘까지 열어주면서
이 세상 모든 슬픔은 스며들게 하고
기쁨은 고요히 번지게 하는
너만큼만 참되게 참되게 살아낼 수 있다면

−「수묵화」 전문

　수묵화는 그대로 자연의 춘하추동이다. 자연의 경이로
운 순환이 그대로 수묵화에 담긴다. 의인화된 수묵화가
어떤 높은 경지의 성인이거나 무한 자비로운 모성성에
의탁 된다. 인간의 희노애락은 자연의 한 폭 한 폭 그림
장면 속으로 녹아들어 결국 서경성과 서정성이 합일의
경지를 빚는다. 동양화가 화선지(한지)에 번지는 모습을

시인의 눈은 슬기롭게 포착한다. 화면에서 이미 인위는 소멸되고 '스스로 그러한 대로'라는 도가의 무위자연의 경지가 펼쳐진다. 온갖 독존자들이 큰 영靈에 환귀하여 거대한 그림의 세계가 되는 것이다. '너만큼만 넉넉하게' 와 '너만큼만 참되게' 살아 가고자 하는 시적 자아의 간절한 소망은 이미 그림 속에서 이상태理想態로 구조 되어 버린다. 좀 더 시야를 넓히면 한지韓紙는 피조물이 상호 번짐과 상호 물듦을 간섭하거나 수용하는 우주의 큰 용기用器인 셈이다. 온갖 입체적 동적 이미지가 평면 구성의 한지 그림으로 변환되는데, 이때에 역시 온갖 인간의 정서들도 자연물의 서경적 풍정에 등가적으로 융합되어 그림 속에 정중히 안치된다.

시는 회화성의 특질을 갖추며 더욱 형상화의 형태를 구조한다. 삼라만상은, 인간세 모든 사상은, 상호 물들고 번지는 관계 속에서 어떤 모형이든 그 형과 태가 빚어지는 것이다. 또는 이러한 운행과 섭리 속에서 생성 소멸의 과정을 밟는 것이다. 이런 오묘한 철리哲理를 우 시인은 거뜬히 한 편의 시에 응축해 버린 것이다.

2. 심미적 감성의 유로流路

저, 황홀한 장미꽃 화원을 두고
나는 오늘 밤 잠들 수 없네

빨강 분홍 노랑 주황으로
수천수만의 장미꽃 송이들이 어우러져
피어나는 만다라의 사랑 노래

어찌할거나
한평생 그리운 이에게
한 소절씩 띄워 보내주랴
따라가는 눈썹달 마음속
눈물 젖은 악보를 베껴

장미꽃 화관을 쓴 소녀 애들이
춤을 추는 저 아리따운 축제
구름밭 저 너머로 곧 사라진다 해도
나는 아직 이승을 떠날 수가 없네

　　　　　　　　　　　　　　 ―「노을길에 서서」 전문

　이 시는 심미적 감성이 아주 두드러져 보인다. '화려한
슬픔'이라는 역설적 정서도 이 시에서는 과감히 배격된
다. 그러나 잠시 '눈물 젖은 악보'가 등장하여 화려함, 황
홀함, 그리고 지선극미至善極美함이 대칭으로 살짝 긴장감
을 유발한다. 애잔한 감정의 작은 앙금까지를 카타르시
스로 정화를 거치며 치열한 법열法悅로 다가듦을 형용한
말이리라.

　아마도 이 시에 풍미 되는 정경은, 『신곡』에서 단테가
베아트리체에게 인도 되어 다다른 천국 쯤 되는 무대이

려니 싶다. 기독교적 천국에 불교적 극락이 합해진 화려하고 희열이 낭자한 정경이 아닐 수 없다. 이상계를 말하는 별유천지비인간別有天地非人間의 세계이다. '장미꽃 화관을 쓴 소녀 애들이 춤을 추는 저 아리따운 축제'는 천사들의 축제이다. 아니 대롱대롱 매달려 전신으로 기쁜 감동이 출렁이는 구스타프 클림트의 「키스」장면이 오버랩된다. '따라가는 눈썹달 마음속'은 시어들 중에서도 백미에 속한다.

3. 배롱꽃 피는 이상향

처서 지난
금산사 넘어오는 길

산굽이 돌아와
첫마을에 닿는 길

−중략−

사랑인 듯 다가와
어스름 속에
가물가물 사라지는
팔월 초저녁

배롱꽃 붉게 지는

아름다운 길

― 「첫 마을에 닿는 길」 부분

　우 시인의 4시집 표제작이기도 한 「첫 마을에 닿는 길」
의 '첫 마을'은 어쩌면 그의 정신세계가 도달하고 싶어하
는 이상향인 지도 모른다. 그 길로 몸이 먼저 가고 마음
이 따라 간다. 배롱꽃이 필 때나 꽃이 질 때도 한가지로
아름답듯이 사랑도 그 시종이 아름답다고 형용된다. 이
시는, 소재는 간단명료하고 무대에 출연하는 배역도 단
조롭다. 배롱꽃으로 단장된 길을 따라 아름다운 흥취가
인다. 사랑하는 마음으로, 그 마음으로 그리는 연인을
내내 뇌리에 떠올리며 첫 마음을 지향하는 것이다. 그
마을은 처녀림이다. 그 마을은 세속으로 오염된 마을이
결코 아니다. 첫 마을이지만 궁극으로 도달하려는 미지
의 유토피아이다. 여기서 첫 마을은 구체적 형상화를 피
한다. 그러나 충분히 상상의 계단을 시야에 펼쳐준다.
　꽃이 피고 지는 반복적 연속적 이미지와 낮이 기울어
가물가물 초저녁으로 이어지는 풍광과 그리고 처음이
마지막이라는 대칭의 조화로움을 곰곰이 사유思惟케 하는
여러 정황들이 하나로 어우러져 어스름 속에서 환상적
으로 사라지는 듯하다

4. 초월적 자아

한 알마다
한 생애가 들어 있다

한 기쁨을 건너서
한 슬픔으로 간다

한 슬픔에서
더 깊은 슬픔의 강을
건너기도 한다

건너가는 찰나 속에
담겨 있는 한 생애

슬픔을 건너야만
다음 생으로 가는
절체절명의 징검다리

눈물은 방울방울 진주알이 되고
한 목숨들이 빚어져
알알이 사랑의 빛으로 찬란하다
                            －「한 슬픔을 건너」 전문

'묵주알'이라는 부제가 붙어 있는 작품이다. 묵주알 한 알에 한 생애씩 압축해 넣는다. 한 알에는 기쁨을 몰아넣고, 한 알에는 슬픔을 잡아넣는다. 그리고 이어짐을 슬픔의 강이라 이른다. 묵주알은 천주교에서 기도의 상징물이다. 여기서는 불가의 염주알과도 흡사하다. 이 시에서는 불교의 연기緣起와 윤회輪廻도 엿보인다. 인간의 운명성을 묵주알에 의탁하여 시의 흐름을 이끌어가는 형모가 너무 탁월하고 신묘하다. 형상화의 극치라고 아니할 수 없다.

'눈물은 방울방울 진주알이 되고, 한 목숨들이 빚어져 알알이 사랑의 빛으로 찬란하다'는 연에서는 한 치의 군더더기를 거부하는 시적 승화가 저 영성靈性이랄까 선적 이미지를 관통하고 있는 것이다.

'눈물 방울 → 진주알 → 슬픈 목숨 → 알알이 사랑의 빛'으로 환치하는 비약적 승화는 시가 가꾸어야 할 가장 존귀한 모습이다. 그런데 우 시인은 천주교 신자이면서 모든 종교적 관념이나 법리法理를 넘나들어 너무 부러울 정도이다. 이런저런 한정을 벗어던지는 초월적 자아인 셈이다.

5. 생명, 낭만, 자유

−상략−

자유라는 그리운 이름 찾아서

드넓은 벌판으로 한없이 흘러가리라

흘러가는 것이 나의 삶이려니
무장무애 거침없이 황야를 흘러가리라
수천수만 개의 휘날리는 깃발처럼
일만 마리 질주하는 말갈기처럼 달려가리라

광야에 밤이 오고 둥두렷이 달이 뜨면은
물속에 비친 달을 길어올리던
옛 시인과 함께 시 한 수 읊어보고
어느 한적한 묘원에 다다라
고혼들의 슬픔을 어루만져주다가
촉루의 눈물 한 방울 위에
잠시 앉아 진혼곡으로 위로해주고
다시 푸른 새벽길 피리 소리로 흘러가리라

− 「바람의 말言」 부분

이 시에서 시어들의 형상화는 참으로 눈부시다. 감동
이 절절하게 솟구친다. 약간의 애잔함, 약간의 허무함
그리고 약간의 염세성이 연연聯聯에서 쫑긋거린다. 이생
의 현실들은 도로徒勞에 지나지 않은, 무위의 허상쯤으로
비유한다. 바람이 궁극으로 형용하는 메타포는 이상태理
想態로 현현함이다. 그리고 장쾌하고 거침없고 일체를 버
리고 방랑하는 영웅의 모습이다. 영웅의 서사시라 일컬
을 만하다. 그러나 내 고향, 내 유년의 가정이 오버랩 되

면서 아름답게 생을 표징한다. 바람의 행장은 고고한 선비의 그것이다. 정처 없이 유랑하되 제우스 신처럼 가끔은 지상의 아름다움에 간섭하고, 천하를 철환하되 무의미에 유의미를 부여하며 전능한 신변을 구상한다. 또는 영혼이 횡단하고자 하는 명계冥界에서의 자기 정립을 꾀하는 유언이기도 하다. 소망하되 한 생애를 마감하며 바람직하게 살아온 삶에서 걸러진 지고지순한 현상이다.

　바람은 무한한 가치들의 선언, 케리그마이다. 자유, 평화, 생명, 낭만, 인도주의, 풍류, 영혼의 명복, 위안 등등을 상징한다. 만물에게 특유의 아름다운 색깔을 옷 입히고, 만 가지 아름다운 소리를 부여한다. 그러나 여기에서 노리는 바람의 가장 큰 덕목은 생명, 낭만, 자유인 것이다. 아름다운 우주 하나를 영글게 하는 것이다.

6. 지선至善과 극미極美

　-상략-

　백단나무 숲 향기가 온 섬에 흩날려
　섬은 파도처럼 향유가 넘실거리고
　숲 속에선 온갖 새들이 지저귀는데
　그대에게 한 마리 새가 되어 날아가리라

　풀섶엔 수선화 민들레 제비꽃 붉은 장미들

온갖 향그런 꽃들은 우리 발아래
수줍은 얼굴로 무지개처럼 피어나고
새벽이슬을 갓 머금어 더욱 고결해

그러나 우리 사랑은 벼랑
저 아득한 천 길 단애 속
슬픔의 한가운데로
한 송이 낙화 되어 져버린다 해도
찬란한 별빛으로 타오르는
황홀한 우리 사랑은 벼랑

- 「벼랑 위의 사랑」 부분

오스트리아의 화가 구스타프 클림트의 유명한 그림 '키스'라는 작품을 소재로 한 이 시는 '내가 만약 ~ 한다면 사랑하는 그대에게 ~ 하리라' 하는 가정법이 유럽 고전적 시인들의 시풍을 연상시킨다. 이는 불가능한 전제를 넘어가는 사랑의 지선至善과 극미極美를 노래한다. 그러나 거부의 운명성으로 '벼랑'을 설정한다. 릴케, 괴테, 하이네 등의 시인들에게서 그러한 정서가 읽히는데 사랑이란 현실적 정서인 동시에 환상적인 아름다운 사념인 것이다.

그리스의 신화에 등장하는 만고의 사랑들은 대체로 활활 가슴을 태우는 불행의 운명성을 담보한다. 사랑은 무수한 가시를 온 몸에 걸치는 선홍의 장미처럼, 내부에 불행을 이글거리게 해야 그 밀도가 강하다는 다른 표현인 것이다. 클림트의 '키스'는 그냥 스스로 불타고 있는 정열이다. 행·불행을 넘어서는, 전신으로 흐느끼는 희열이다. 사실 우 시인은 유럽 여행에서 이 그림을 보자 황홀함과 슬픔을 동시에 느끼며 신선한 충격을 받았다고 한다.

7. 상징성과 테크닉의 절묘함

새해 첫날 오후 나절 잠깐 시든 낮잠 속
몇 년 만에 꿈길 걸어오신 어머니
노란 수선화밭인지 민들레꽃밭인지 아련한
너른 텃밭에 노란 꽃이 만발한 봄날
햇살도 맑고 바람도 좋은
영화 속 한 장면 같은
그 풍경 속으로 오신 어머니

낭자머리 동백기름, 숙고사 옥색 치마
바람결에 날리며 사뿐사뿐 걸어오시네
내 어린 날 손잡고 다정하게 함께 걷던
늘 고운 그 모습 그 자태로 오시네

손에는 나의 핸드폰을 쥐고 계시네
아! 내가 얼마나 오랫동안
당신의 안부를 묻지 않고 지냈는가!

내 기별을 묻고 싶어 수만 리 길을 걸어
꿈길 속으로 나를 찾아 먼저 오신 어머니

한 자루 촉루髑髏 마저
한 마리 학이 되신 어머니
나의 핸드폰을 가지고 노란 꽃밭을 지나
나무 그늘 속으로 걸어가시네
꿈길 속에 흐느끼며 어머니! 어머니!
시인인 딸의 안부 잠시라도 듣고 싶어
은유적으로 오신 나의 어머니
　　　　　－「은유법으로 오시는 어머니」 전문

　어머니는 은유법으로 오신다고 한다. 어머니의 일거수
일투족一擧手一投足은 모두 상징화된다. 상징은 관념이 형
상화를 좇는 것인데 이에 반해 이 시에서는 형상이 관념
화한다. 그러니까 어머니란 존재는 형상이면서 관념이
면서, 훌쩍 떠나 다른 아우라를 드리우는 신비한 밤하늘
이다. 가령 '낭자머리 동백기름, 숙고사 옥색 치마'라면
곱고 아름답게 치장한 젊은 시절의 어머니 영상인 바,
중년 여인의 미모, 청순, 순수, 사랑, 존경, 경외, 자애
등의 외연과 내포를 동시에 여민 가장 존귀한 기풍의 시
절, 그 어머니 상인 것이다. 또한 노란 꽃밭과 옥색 치마
의 색채감도 이 시에서는 어머니에 대한 그리움을 더욱
짙게 색칠해준다.

'한 자루 촉루마저/ 한 마리 학이 되신 어머니'에서 보인 상징성과 시적 테크닉은 절묘하기 이를 데 없다. 꿈이 등장하며 잠재의식의 세계까지 끌어들인다. 칼, 융의 말처럼 잠재의식의 언어가 상징이라 했듯이 여기서 핸드폰은 화자인 무의식의 자아와 어머니와의 대화의 채널이다. 이 기상천외한 질료 배치는 너무나도 탁월하다.

8. 회화적 요소의 점층성

−상략−

저 황홀한 노르스름 속에 온 가을이 다 담겨 있어도
도저히는 온전하게 표현할 수 없는
푸르스름에서 노르스름으로
그 사이를 건너가는 무수한 언어들

이제 모과나무 잎새들 다 져버리고
파란 가을 하늘을 배경 삼아 울퉁불퉁 잘 익은
모과알만 몇 개 빈 가지들에 매달려 있네

어느날 툭, 지상으로 떨어지기 전
모과는 아마도 제 몸속에 감추어두었던
푸르스름한 슬픔과 노르스름한 향기를 함께 풀어내며
바람 속에 아름다운 절창의 시를 쓰고 있을 것이네
                              −「모과나무 아래서」부분

모과나무의 성장 과정을, 꽃 피고 잎이 무성해지고 열매 맺기까지의 시간 차 추보로 그림을 그린다. 눈에 보이지 않는 속도를 빠른 필름으로 현상한다. 식물이 몸에 걸치는 색깔들을 모두 배치한다. 계절의 진행(순행)을 모과나무로 변용시킨다.

이 작품에서 시의 삼 요소가 유달리 확연하게 눈에 띈다. 회화적 요소의 점층성은 놀라운 것이다. '시는 말하는 그림이고 그림은 말 없는 시'라는 말이 있는데 여기서는 시가 말도 하고 그림도 그리고 더 나아가 철학도 하고 우주의 섭리도 형용하고 있다.

모과나무 한 그루에서 계절적 변별성과 자연의 질서와 우주 무한 진리까지를 독해할 수 있다면 이 시는 유미적 상징시의 전범典範이라 말할 수 있을 것이다. 어느 한 연도 소홀한 처리나 미진한 형상이 없는, 그야말로 완성도가 출중난 시이다. '푸르스름에서 노르스름으로 건너가는 무수한 언어들'을 감히 한 시대를 건너가는 절창이라고 필자는 생각한다.

9. 유미적 상징성

아득한 전생에서부터였을까
가슴 속 매운 연기로 피어올라
지척을 분간할 수 없었던

동백정, 서천 바다 위로
이생의 안개는
일만 필疋이나 펼쳐지는데
천지를 휘감는
명주천 한 올 한 올에
천 길 깊이깊이 감춰두었던
그 붉은 단애의 마음을 엮어
삼천대천 이 바다에
무진무진 풀어 놓으면
소금도 다 삭아내린 심연
파도 이랑 일렁이다가
후생, 어느 나그넷길에서라도
한 줄기 인연의 빛이 되리라

—「안개」전문

얼마나 푹 익었길래 이승, 저승이 함께 모여 한 폭의 장관이 되었는가? 결국 환 획으로 수평을 긋는 안개 한 자락이 천만 사상事象을 품어 안는다. 시공이 퍽 장구하고 너무 넓다.

아승기(무량수) 전생에서부터 유전해 온 만상이 이 짧은 시에서 형용되고 있다. 몇 개의 우주가 한 뼘의 사람 마음에 포개져서 마지막으로 거룩하게 환생되는 안개 …… 그리고 끝장에는 '한 줄기 인연의 빛'이라 매듭을 짓는다. 온갖 공감각에 공발한다. 물상들은 형상을 입거나 벗거나 하며 자유자재로 불교적 윤회를 더듬는다.

형이상학과 형이하학이 하나의 형形에서 통섭 된다고 강설한 중국 철인哲人 왕부지王夫之의 말이 여기에서 실감을 얻는다. 형상이 있고 없고, 없고 있고를 넘나든다.(色卽是空, 空卽是色)

10. 맑고 순결한 감성

−상략−

젊은 날의 뜨거웠던 마음 한 자락
밤 새도록 길고 긴 편지를 써서
먼 그대에게 부치고 싶은 달

깊고 낮은 첼로
로스트로포비치를 들으며
커피의 향기 속으로 들어가고 싶은 달

갈대 서걱이는 강 언덕에 앉아
하염없이 눈물에 젖고 싶은 달

고향의 언덕배기 은행나무 아래
정답게 누워 계시는 어머니, 아버지
못 견디게 그리워지는 달

꽃처럼 피어나는 기도문으로

영혼의 접시에 밝혀진 촛불이
아름답고 고요히 타오르는 달

　　　　　　　　　　　　　　　－「십일월」부분

　　인디언들은 열 두 달의 달력을 만들 때 주위 풍경의 변
화나 마음의 움직임을 통해 그달의 이름을 정했다고 한
다. 인디언 달력 풍으로 쓰여진 이 시는 세상사에 한 줌
도 점염이 없는 맑고 순결한 심상의 화자가 하얀 감성의
백지 위에 차근차근 서정의 수채화 물감을 물들이고 있
다. 거뜬거뜬 단락을 볏단 묶듯이 묶어 전원의 논둑에
얹어 놓는다. 한 단에 하나씩 꼭 무슨 의미를 챙긴다. 수
사법상 전환법이다. 각각 독립된 이미지로되 단절은 없
고, 깊은 속내가 순결의 손을 맞잡아 큰 조화로움에 귀
속한다. 서경적 풍정에 11월 만추의 쇠락과 영락의 서정
이 담긴다. 음악(십일월의 쓸쓸함과 깊은 상흔의 울림을 주
는 첼로곡은 그 얼마나 잘 어울리는가.) 사색, 명상, 눈물,
부모님 생각, 기도문, 그리운 이에게의 편지 등등으로
이미지가 아름다운 정서를 끌어낸다.
　　릴케의 「가을날」 '마지막 햇볕'이 무대에 번진다. 마지
막으로 시 속에 진중하게 웅크렸던 자아는 촛불처럼 아
름답고 고요히 타오르는 영혼으로 승화되는' 모습이 된
다. 우 시인은 자신의 모든 시에서 종결은 영감으로 마
무리 짓는다. 참으로 영특한 재주라고 아니할 수 없다.

11. 선경仙境이 되는 고향

뒤란의 장독대 옆 앵두꽃이 한창이면
아버지 봄 지게에 진달래꽃 얹혀져 와
어머니 꽃입술 웃음이 화사했던 날들이여
산모롱이 먼 십 리 학교 갔다 오는 길에 소나기 만나
옷 젖은 채 달려와 엄마 품에 안기면
젖은 머리, 수건으로 닦아 주던 손
살풋 든 낮잠 끝에 꿈속에서 일어나면
먼 산에 허리 안개 그림처럼 피어오르고
우물 앞 때죽나무 타고 오르던
능소화꽃 더욱더 붉어지던 집
가을이면 하늘도 산골 물도 깊고 맑아져
열두 살 어린 가슴도 깊고 맑아져

－중략－

눈보라 더욱 거세게 들이쳐와도
외양간에 쇠죽 먹은 어미 소도 행복한 저녁
온 식구들 따뜻한 아랫목에서
도란도란 이야기꽃 피우는 동안
이불 속 어머니의 발등 위에다
어린 새같은 내 발목을 포개놓기도 했었네
어머니의 포근한 가슴에 얼굴을 묻고
동백꽃 향기 속에 잠들곤 했네
　　　　　　　　－「능소화꽃 더욱 붉어지던 집」부분

부모님 모시고 살던 어린 시절을 추억하는 시다. 농촌의 사계는 부모님의 사랑으로 연유하여 모두 선경이 된다. 추억의 등불을 매단 고향의 나무들이 환상적 정경 속에 도열한다. 아마도 어떤 고관대작도 아니 옥황상제도 인간으로 환생한다면 이처럼 안락하고 고결하며 이처럼 아름다운 행복의 전당을 찾을 것이다. 최상의 한국적 고향이며, 이상적 삶의 광장이다. 감동이 너무나 뭉클하다. 앵두꽃, 진달래꽃, 때죽나무, 능소화꽃, 국화꽃, 사철나무, 동백꽃…… 사람의 정 냄새 풍기는 도란도란 이야기꽃 …… 인간의 고매한 정리가 하염없다. 이승에서 가장 아름다운 가정의 심볼이다. 독자들은 이 시로 말미암아 스스로의 가장 아름다운 시절을 연상하리라. 그러므로 이 시는 필요충분조건을 다 갖춘 것이다.

옛날 우미자 시인의 시에서는 번뜩이는 지혜와 슬기를 발견했다면 지금의 시에서는 푹 익은 인간학을 발견하게 되며 지선至善과 극미極美를 체감한다. 또한 시작품마다 향기로운 서정성이 넘쳐난다. 그것은 영원으로 회귀하는 극진한 순수 서정이라 할 만하다. 하이퍼리얼리티란 용어가 있다. 실제 경험한 실감을 덮은 채, 그 위로 번지는 승화된 아우라로 빚는 형상의 예술성을 의미한다. 초과 체감의 영상을 일컫기도 한다. 만상을 예질藝質에 상응하여 재구성하거나 승화시켜서 발현되는 현현인 것이다.

우 시인은 이토록 절묘한 시를 저 영혼 깊고 맑은 샘물 속에서 길어낸다. 이 아름다운 시들이 강물로 굽이쳐 한 바다로 흘러가리라. 연륜이 더 흘러도 시적 정서가 영원히 메마르지 않은 감성 가득한 서정시인으로서 한 시대의 으뜸으로 우뚝 서길 바란다. 참으로 탁월한 작품들과 교감하면서 서평을 쓰는 동안 감동과 기쁨으로 내내 즐거웠다. 더욱 아름답고 향기로운 시로 한국문단을 빛내주기 바란다.